[日] 北野武

著

徐建雄

译

北野武的午夜电台

四川文艺出版社

图书在版编目（CIP）数据

北野武的午夜电台 /（日）北野武著；徐建雄译 . -- 成都：四川文艺出版社，2023.5
ISBN 978-7-5411-6585-6

Ⅰ.①北… Ⅱ.①北…②徐… Ⅲ.①杂文集—日本—现代 Ⅳ.① I313.65

中国国家版本馆 CIP 数据核字 (2023) 第 030106 号

GESEWA NO SAHŌ
By TAKESHI BEAT
© TAKESHI BEAT 2009

Chinese (in simplified character only) translation rights arranged with T.Nゴン
through BARDON CHINESE CREATIVE AGENCY LIMITED

版权登记号：图进字 21-2022-341 号

BEIYEWU DE WUYEDIANTAI
北野武的午夜电台
［日］北野武 著 徐建雄 译

出 品 人	谭清洁
策划出品	磨铁图书
责任编辑	王思鈜　王梓画
责任校对	段 敏

出版发行	四川文艺出版社（成都市锦江区三色路 238 号）
网　　址	www.scwys.com
电　　话	028-86361781（编辑部）

印　　刷	河北鹏润印刷有限公司		
成品尺寸	126mm×185mm	开　本	32 开
印　　张	6.875	字　数	170 千
版　　次	2023 年 5 月第一版	印　次	2023 年 5 月第一次印刷
书　　号	ISBN 978-7-5411-6585-6		
定　　价	49.80 元		

版权所有，侵权必究。如有质量问题，请与本公司图书销售中心联系调换。电话：010-82069336。

写在前言之前

《北野武的午夜电台》首次以单行本的形式问世,是在 2009 年的 3 月。这本书写的是自认为"没品"的我对于日本人本该具有的"品位"、粹[1]、规矩等之类的独特看法。

当今日本所发生的大大小小的事情,早在几年前就不幸被我言中了。也就是说,书里所写的事情,已经全都变成现实了。搞得我都对自己的先知先觉有些后怕了。

就拿日本的政治来说吧,我当时在书中是怎么"预言"的来着?

两年半之前,日本还是自民党政权(麻生太郎首相)时代。后来,民主党在 2009 年 8 月 30 日的众议院总选举中获胜,全日本都在高呼"政权交替了"!我也曾因我们一伙中的阿部定忠治长得酷似当上了总理大臣的民主党党首鸠山由纪夫,就让他改名为"鸠山来留夫"而一度闹得沸沸扬扬的。当然了,这也说明日本人对于

"政权交替"是充满期待的。但是，我在书中就断言：

"即便民主党掌权了，日本也丝毫不会改变的！"

怎么样呢？现在都看到了吧。不是真的与自民党时代一模一样吗？当时我还挖苦道："民主党的竞选纲领实现得了吗？"两年半过去了，到如今，"挖苦"都不算是"挖苦"了。说好的"高速公路免费"和"儿童补贴"，又怎样了？

还有，在谈到"规矩"时，我曾写道："有钱人花钱给社会做贡献是好事，可因此夸夸其谈，就有违有钱人的规矩了。"

如今，在东日本大地震之后的灾区救援活动中，志愿者和慈善家都十分活跃。可仔细一看，却发现"有违规矩"之事在现实中也层出不穷，简直让我头疼。许多有钱人大声高喊："我捐了×亿日元了！"这让人觉得他们捐款只为沽名钓誉，根本感觉不到一点点为受灾者着想的心意。

本来，为他人行善，是应该在不为他人所知的情况下悄悄实施的，高声喊出"我捐了……"就完全违背了有钱人，甚至日本人的基本规矩了。要做社会贡献，就别声张！——基于如此考虑，自然就出现了诸如"那人捐款的目的是为自己做宣传，说到底是一种商业行为"等针对有钱阶层（并非某个特定的人）的批评声音。甚至有人说："那家伙精明得很呢，捐钱肯定不吃亏的。"说到底，还是由于被人看出这种做法违背了作为日本人应有的品格吧。所以说，这一切都不幸被我言中了。怎么样？服了吧。

如此这般，大至民主党政权有多么不靠谱，小到作为一个日本人该如何规范自己的一举一动，都在这本书中写着呢。尤其在发生了大地震这样的非常时期，是非常考验人性的。因此我想说的是，重读一遍此书，回到日本人的原点上来。其实，说这本书是我的《圣经》也毫不为过。所以，请大家发誓追随我吧，称我为"教祖大人"也未尝不可。别以为我只是个搞笑艺人哦。

如果允许我再多说几句的话，我要说，日本人已变得越来越没品了。没品的日本人越来越多，整个社会也就越来越没品了。其原因，这本书里也写着呢，就是一切都以金钱为中心造成的。是资本主义夺走了日本人的固有品性，败坏了日本人的固有规矩。

譬如，骗子从不觉得自己的所作所为有什么不好，他们反而觉得被欺骗方不好。从根儿上来讲，资本主义也是这个逻辑。"干活儿挣来的一百元钱和捡来的一百元钱有什么区别呢？一百元就是一百元嘛。"这就是善恶不分，甚至管它是"善"还是"恶"呢，先干了再说。

正是由于这样的观念已在日本蔓延开来了，人们才会仅以有钱没钱作为判断的基准，从而造成了两极分化的社会。"色眯眯"的互联网技术业界大哥之所以在夜总会吃香，也就是因为仗着他有钱不是？

听说就在东日本大地震发生的第二天，盗窃团伙就已经进入灾区了，而且他们把自助取款机都直接搬走了。

当然了，也并非所有的日本人都这样。正如国外媒体所报道的那样，许多人在避难所那样的严酷环境中也一直忍耐着，在供应不足的超市和加油站前，也整整齐齐地排着队，并无人偷盗。可见具有如此美德的，也大有人在。但是，与此同时还存在着偷自动取款机的盗贼和一心只想着发地震财的没品的浑蛋。这也是当下日本的现实啊。

还有就是没品的伪善者也是有增无减。支援灾区自然是好事，可有人说什么"我能做的只是唱唱歌"，于是就趁机推销自己的唱片来了。这难道不是欺诈手法吗？与借捐款来沽名钓誉，又有什么两样呢？

说起这个我又想到，日本国家女子足球队赢得世界冠军时，电视和报纸上有报道说，生活在避难所里的人也表示"获得了勇气！""让我们看到了明天的希望！"什么的。我在想，这会不会就是媒体捏造出来的伪善呢？其中应该也有"比起为足球获得冠军而欢欣鼓舞，我更想早点离开这儿！"或"还是快点发救济金吧！"之类的声音吧。可这些声音都被忽略了，结果就变成了"感谢勇气与感动"的大合唱。为什么日本的媒体老是播放这些靠伪善黏合起来的虚假信息呢？

即便如此，对女子足球队的成员来说，决赛确实有"胜负在此一举"的意味。我指的并不是比赛的输赢，而是说这正是一个向全世界展示日本人良好品行和规矩的绝好机会。

正如我在本书开头处写的那样，日本人在胜负已分时，会向失败方表达敬意，而不会只顾欢呼雀跃。这种照顾到对手低落的情绪，而不过分表现内心喜悦的做法，应该就是日本人的传统美德吧。

女子足球队夺冠之时，本来该是展现日本人美德的最佳舞台，然而她们的表现却与外国人毫无二致。夺冠后，深深地鞠上一躬，然后安安静静地退场——这不更能让日本在全世界面前表现得体吗？

不过，据说在胜负已分后，美国队的美女守门员曾在当地的电视采访中说：

"比赛结束后，日本队的宫间绫选手朝我走来。她并没有显露出胜利的喜悦，我想她是在向输掉了比赛的美国队表示敬意。因为她知道我们受到了多么沉重的创伤。"她还说，"日本是个值得尊敬的国家。"

我要说的是，这种"向受伤的对手表示敬意"的姿态，才是我们日本人的原点。

最后，我还要再说一遍：你一定要好好读读这本书，回到日本人的原点。这本书是我的《圣经》。明白了吗？

2011年9月

注释：

1 日本文化中的一个特有概念。具有洒脱、漂亮、俏皮、帅气、时髦、风流、通晓世故、通情达理等多种含义。——译者注（本书注释如未特别说明，均为译者注）

前言

贫穷与粗俗到了极致,品位自然就提升了。

——北野武

我到底是从什么时候关注起"品位"和"粹"的呢?

你们也知道,我出生在东京的足立区梅岛。要说是下町[1]倒也算是下町,但与谷中或千驮木那种富有情调的下町是大不相同的。在我小时候,住在我们那儿的都是些穷得叮当响、没有学历、人品极差的家伙。所以,那儿是名副其实的"下等町"。我当然也是其中的一员。

也不知怎么的,我这个生在下町,在浅草做穷艺人讨生活的家伙,居然也发达起来了。如今手头也有了两个钱,还穿上了爱马仕——连鞋子都是爱马仕的。

无论怎么看,我都是个极端没品的家伙。那么有人要说了，就你这么个没品的草根，也有资格来聊"品位"吗？

然而，根据我常说的"钟摆原理"，正因为受过穷且懂得了极致的粗俗，当钟摆朝反方向甩去后，才会懂得极致的高雅。总而言之，也不知从什么时候起，我就讲究起"品位"和"粹"来了。

都说如今的时代不景气、没钱、没工作，连睡觉的地方都没有，又回到了从前那个足立区了。从前的人是本就贫穷，倒也觉得没什么。可如今的人们尝到了富足的甜头，就再也接受不了贫穷了。想必是觉得贫穷让人没有归属感吧。

其实，归属感还是有的。

那就是"品位"和"粹"。

注释：
1 指商人、手工业者等居住的平民区。

目录

第一章　品位 - 001
　　有品位的人都懂得恰如其分的活法

第二章　梦想 - 047
　　梦想成真，人生也就终结了

第三章　"粹" - 073
　　真正的"粹"体现在为别人着想上

第四章　规矩 - 133
　　规矩始于猴子穿上短裤的瞬间

第五章　艺 - 165
　　能把活法变成"艺"，品位自然高雅

代后记 - 205

第一章

品位

有品位的人都懂得恰如其分的活法

日本人丢掉了"礼",也就没品了

奥运会也好,选拔赛也好,我在看体育比赛时,总觉得滑稽项目怎么这么多呢?譬如滑雪中的硬雪丘滑雪赛[1],似乎还挺受欢迎的,可我觉得就是在耍杂技。滑冰也是。在一个狭窄赛道上绕圈的短道速滑,不是跟以前在后乐园[2]游乐场里常玩的旱冰游戏差不多吗?什么?您说《东京彭霸斯》[3]?如今的年轻人谁听得懂呢?

不然,说说沙滩排球怎么样?这项运动又有什么意思呢?都穿着游泳裤似的运动服,到底算怎么回事儿?没必要非得穿成那样吧?

要是身穿泳装打排球就是正经体育项目的话,那么搞个"沙滩体操"也未尝不可吧,还有"沙滩棒球"什么的。搞"沙滩体操"时让运动员穿上丁字裤,一旁再有人喊着"脚举高点!""勒得太浅了",观众不是更多吗?

对了,还有"沙滩拳击"。让拳手们全都穿着夏威夷衫互殴,参赛选手为各国的黑帮分子,就说是"黑帮对决"好了。一会儿旁边再冒出一句"浑蛋！谁让你们在这儿比试的？"——连裁判也都是凶相逼人的家伙。休息区放着刨冰套餐，让拳击助理加糖浆。选手每打完三分钟就到休息区吃刨冰，搞得跟江之岛[4]的海之家那样就行。

这些倒也罢了。其实我想说的是，也不知从什么时候开始，日本的运动员在比赛前就净说起没品的话来了——"抱着必死的决心""看我不整死你！"比赛赢了的时候也是的，非得大呼小叫的，还要摆出夸张的胜利手势。你不是日本人吗？干吗要搞老外的那套过激反应呢？

我觉得日本将柔道推广到国外把一些风气搞坏了。既然是日本的武术或传统项目，就该慎用西洋式的过激反应。因为日本人的酷就在于喜怒哀乐不形于色，且善体人情。柔道也好，剑道也罢，不都是将"始于礼，终于礼"作为基本规范的吗？这么做，不就是希望常怀尊重对手的谦卑之心吗？

你在比赛中获胜了，那就意味着有人在比赛中落败了。而落败的一方也同样身负着家人和国民的希望。我们在半夜看电视，看到日本选手落败了会大失所望，而对方落败时，他们的国民自然也会有这种感受的。更多地照顾一下对方的感受不好吗？不要因为赢了就乐得忘乎所以。已经赢了就足够了——这才是应有的姿态嘛。

时刻想着对方，时刻想着他人，这是日本特有的精神内核。倘若不能重新拥有，我觉得日本人的形象是好不了的。

吃饭时别说话

不知从什么时候起，日本文化的各个方面都变得面目全非了。听听流行音乐，就会发现里面尽是"谢谢你的爱""我为你活着"之类毫无品位、肉麻得要死的歌词。为什么说没品？因为尽管说得十分夸张，可内涵几乎没有。或者说所表现的情感十分寡淡，只是将欧美的歌词直接译成日语，仅此而已。

还有"你的身边一直有我"这种歌词，简直莫名其妙。把这些玩意儿全都丢掉，好不好？去看看《万叶集》和《源氏物语》吧。总之，还得以日本古典文学为基础，找到幽微委婉、耐人寻味的表现方式才行。

还有，别老说些"我，我……"之类的话，不好好反思一下日本人原有的不好出风头的本性，也是不行的。

最近的日本人已变得没品了，吃饭时会在人前若无其事地大声说"好吃""难吃"，甚至把评论食物好不好吃变成了一种工作。世上居然会有这种没品的事儿，真叫人受不了。

好吃的东西自然好吃。吃的人觉得好吃，那就行了。身为日本人，吃饭时无论是觉得好吃还是不好吃，都不应该说出来。毕竟食物源自"杀生"，在吃的时候抱有负罪感也是很正常的。所以说，吃饭的时候别出声，默默地吃你的就是了。对农民们心怀感激是理所应当的，可你要是扬扬得意地说："那儿的饭真好吃，但也贵着呢。"这又算是怎么回事儿呢？

一到大饭店，就能看到某些自认为很懂葡萄酒种类的家伙，在姑娘面前显摆着。"这种葡萄的酸味儿，源自那儿的土壤成分和气候……""2005 年的波尔多[5]的价格要比 2000 年的……"——烦不烦呀，浑蛋！你懂得多是你的事，但请你闭嘴好不好？比起葡萄酒的种类，首先应该懂得的是别显摆！知道吗？

　　饭店里的饭菜好吃也好，不好吃也罢，将此感觉放在脸上也就是了。当然了，跟饭店里的人说"很好吃。多谢！"也是可以的。但"你们这儿的饭菜太难吃了"这类的话是绝对不能说的。你觉得难吃，以后别去不就行了吗？同样的道理，你要是觉得那儿的价格与味道、质量不相称，以后不去吃就是了。连这点规矩都不懂，那可真是太没品了。

　　老实说，所谓吃饭，把饭菜吃到肚子里就行了。没必要跟美食评论家给饭店打分似的说什么"那儿的好吃""这儿的不行"，更没必要把这种话当吃饭时的基本会话吧。

乡巴佬拥入了三星级饭店

　　自从法国的《米其林指南》进入日本之后，日本人就开始拥入星级饭店了。"没到三星，肯定不好吃""什么呀？这店不是连一颗星都没有吗？"——如此嚷嚷的，肯定是乡巴佬。不过，我说的乡巴佬可不是乡下出生的人哦，而是说生在大都市却净干些没品事情的人，是一些喜欢赶时髦的"精神乡巴佬"。他们只会追新逐异，自己毫无判断能力。这类家伙，在如今的日本可谓有增无减。

有些接地气的饭店甚至会怒斥道："别给我们店挂什么星。"不上《米其林指南》，不接受采访，更不上什么周刊——这样的饭店也并非没有。为什么呢？他们说了："受不了那些乡巴佬。让那些人进来吃饭，可就糟了。"

可乡巴佬们尽管没钱，却说"去那儿的三星吧，可有意思了"，于是就去了，还拼着命存钱。可再怎么拼，脑袋里还是乡巴佬思想呀。这怎么行呢？不觉得害臊吗？这本就不是你们该吃的饭。

这就跟住在九平方米公寓里的人，却买了个LV的包包是一回事儿。这不是死要面子活受罪吗？根本就不明白家和包包哪个更重要嘛。就跟买了汽车付不起房租了，只好睡在车里一样。真是没治了。

连味道都分辨不出来，就因为它带着星，就跑去吃了。哪有这种蠢事儿呢？饭店也好，别的什么也好，都要在自己承受得起的范围内，自己去寻找，自己来打星的。这才是日本人应有的态度吧。自己觉得"浅草的那个炸猪排店最好",那就行了呗。就是说,知道了与自己生活相关的饭店的味道好不好就行了,有什么必要非要跳出自己的生活圈子呢?

别去"排队人气店"的门前排队

我老妈特别讨厌在饮食店门前排队。她常说:"不排队吃不上的话,那就不吃好了。"我只吃我该吃的——这其实是有一种矜持在里面的。

从前,浅草的松屋百货公司可差劲儿了。去餐厅吃饭时,买了餐券走到桌子旁,就在还正吃着的客人背后站着。有人还招呼同伴呢。

"喂,快来呀。这儿的快吃完了。"

搞得正吃着的那位连茶都喝不成。好不容易带着全家人来吃一顿饭,结果背后站着别人一家子,还听人说:

"这桌啊,马上就空了。"

正在吃着的人所受的压力跟被人催着"你赶紧吃呀"有什么两样呢?

我老妈是知道这个的,所以她老说:

"排着队等吃饭,太丢人了。"

现在不也一样吗?在"门前排着长队的面店"前排着队,一等就是好几个小时。要说起来,那个让人排队的拉面老板也不对。他该说的不是什么"排好队",而应该是"别排队了"吧。让人排队,你不觉得害臊吗?这种不知道让顾客排队有多可耻的店,压根儿就没把顾客放在眼里。

要说这顾客也是活该。宁愿排上好几个小时的队,也要吃上一碗面,也实在太没自尊了吧!这不是跟饥不择食的动物一样了吗?

要知道人与动物不同,人是有着体面的进食方式的,而不光是凭本能进食。动物吃东西是为了活命,所以即便被人打,被人踢,也决不松口。人好歹是有一种不为了活命而吃饭的文化的。

那么,排队吃饭也算一种文化吗?有些上班族嘴上说着"午饭就去站着吃的荞麦面店将就一下了",其实却到拥挤的面店前去排队。终于轮到自己后,就三口两口把天妇罗鸡蛋荞麦面扒拉到肚子里后立刻走人。怎么说,这也不能叫作文化吧。

除此之外,有些家伙还真的把"文化"挂在嘴上呢,听着就叫人来气。"那部电影的分镜头……"像煞有介事地评论着,其实全是道听途说,自己真正懂得的"文化"一点儿都没有。

对于这种家伙我真想说:别瞎扯了。你先说说你这种荞麦面的吃法,到底算怎么回事儿吧。

超市的大甩卖,连日本人的精神也贱卖了

为什么这种没文化的精神乡巴佬,在日本会越来越多呢?我觉得资本主义是要承担部分责任的。大批量生产,大批量销售,大批量消费。大超市不断涌现,从前的商业街销声匿迹。超市大批量地销售着既便宜又好用的东西,与此同时,维系着商店与顾客的温情也消失殆尽了。

在超市尚未出现的时代,人们在商业街上即便不买东西,也会跟干菜店[6]的阿婆聊上几句。如果买了东西,商家必定会再加上点什么当饶头。当时的世道就是这样

的。只要商业街在，这种商店与顾客的关系自然就会产生。而如今的超市，只是卖出便宜货，人间温情一概没有。要说与收银员认得的，恐怕就是盯梢者了吧。对了，还有扒手。

因为顾客不需要跟超市的工作人员打交道就可以自行选购商品，所以双方也就不会产生人情关系。盗贼也能若无其事地闯入其中。但以前的干菜店，盗贼是进不了的。为什么呢？因为在那儿，店主跟顾客都是老相识。

如今的超市和便利店跟以前的商业街是不同的，超市和便利店只要能把东西卖出去就行了，顾客只要能买到物美价廉的商品就行，双方都把人际关系的文化抛在了一边。这与在荞麦面店前排队毫无二致。不信你去看看，在超市收银台前排队的队伍，跟在荞麦面店前等吃饭的队伍不是一样的吗？

从前的日本不论多穷，人们都不会一听说"那家店卖得便宜"，就赶紧去店门口排队的。那时人们的心中应该是有着"虽说想买，可也不至于到那个地步吧"或"尽管穷点，可也没馋到那样吧"的自尊的。当然了，这确实也是死要面子活受罪的表现，可现在大家都不要面子了，都变得直截了当了。心里想的已不是"穷是穷点，但丢人现眼的事情是不做的"，而是"就是穷嘛，没法子呀"。也就是说，毫不隐讳地承认了贫富差别。

从前的人承认自己穷，承认贫富差别，但精神上并不贫困。即便是穷人，也有自尊。即便经济状况不好，也不甘心连精神状况都落到那种地步，是会想办法在某个地方站稳脚跟的。

现在的人压根儿就没想过要站稳脚跟，这就跟孩子反抗父母或老师时一样。学习不好的孩子被大人说"你是个笨蛋吗"，孩子会毫不在意地回答："是啊，我就是个笨蛋。"父母说："你为什么不好好学习？"孩子就莫名其妙地回答道："为什么你要问'为什么'？"一来二去，大人也像孩子似的翻脸了。但翻脸也仅仅是诡辩而已，没一点精神层面上的自尊。如今就是这样的时代。

而造成如此时代的，其实是国家和资本。是他们蓄意消灭精神层面自尊的结果。

你看看那些有关大批量销售的宣传，不是在一个劲儿地强调便宜吗？

"便宜哦，就跟偷似的。"

通过如此这般的大肆宣传，让顾客将商品带走。因为"跟偷似的"嘛，顾客当然跟小偷也差不多了。

"这价格便宜得吓死人了！怎么会有这种事？"

电视销售中的如此宣传，大家都不陌生吧。大家似乎也并不怀疑，纷纷打电话购买了。可是，他们的宣传费用又是从哪儿来的呢？

总而言之，是国家造就了没出息的窝囊废。日本的经济发展了，日本人的自尊被剥夺了。所以说，是国家造成了等级差别，而日本人老老实实地接受了。

从前的下町简直就是个村子

我小时候的足立区——我这么说对邻居们是失礼的，在此先打个招呼——无论是经济状况还是受教育的水准，都是极差的。说是足立区，其实大致可分作两块吧，从市中心出发过隅田川，是千住；再往前，由千住新桥过荒川后，就是我出生的梅岛，以及以大师[7]闻名的西新井了。如果再往前，就是竹塚了，那儿可就是东京的北郊了。

由于千住是从前日光大道上的宿驿地，所以还算兴旺吧。不过，我们家所在的荒川北岸一带是很穷的。在那会儿，初中毕业就工作是司空见惯的，像我这样能读高中的反倒是凤毛麟角。战后不久也乱了一阵子，住在那儿的都是穷人。而穷人做的外发加工是由黑道把持的，那些家伙个顶个的坏，没一个好东西。

穷不可怕，最怕的是穷人里面还分三六九等呢。最常欺负我的是开出租车那家的小孩，他老叫我"油漆匠[8]"。

现在说来可能没人信，那时的出租车司机可神气了。因为他会开汽车，干的是接送客人的买卖，在那会儿是被人高看一眼的。而油漆匠呢，衣服上老沾着油漆，脏兮兮的，被人看不起。所以，出租车司机的儿子看不起我，我呢，只能看不起农民的儿子。

当时那种人与人之间的等级差异，可比现在厉害得多。国家一穷，世道也好人心也好，全都扭曲了。譬如医生吧，要是出了点差错，现在是立马就要成为被告的。可在那会儿，简直跟上帝差不多。发了烧，嚷嚷着"快请医生来"，那可是了不得的大事儿啊。病人全听医生的，即便病情恶化了，也不敢有半句怨言。

"医生，这是治疗失败吧！"——这样的话是没人敢说的。至于起诉，压根儿就没听说过。因此，从前的医疗事故也是见怪不怪的，甚至开刀割个盲肠也会死人。我们那儿附近就有个被称作"生还率20%"的医院。

不过居住在这种下町的人，多少也安于如此现状，因此那一带就像一个村庄，居住在那儿的人都互相帮衬着。买东西时，要去的商店也都是固定的。买干货去那家干菜店；要吃寿司去那家寿司店；荞麦面店只认那家，要买衣服就去那家店，决不去别家。松屋百货这种地方，只是偶尔去一趟，日常生活用品全都在同一个地方搞定。

有一次，附近新开了一家寿司店。通常而言，新开的店客人总是比较多的，可事实上谁都不去。我老妈还说："上那儿去，被人看到了怎么办？那不是很失礼的吗？"她似乎觉得去新寿司店就是对老寿司店的背叛。由于附近的人都这么想，结果那家新寿司店开了没几天，就关门大吉了。

正因为人际关系是如此之紧密，大家全都互相帮衬着过日子，所以说东京的下町，简直就是个村子。

原有的那家寿司店，也只有小学老师们偶尔去吃吃。

可遇到学校开运动会或远足时，寿司店老板就会做了饭，给带不起盒饭的孩子送去。这种时候，邻居们觉得"那边的孩子估计没有盒饭带吧"，就大家出一点点钱凑在一起，让寿司店或乌冬面店准备盒饭。这种人际关系上的有组织的横向关联，十分强韧。所以说，下町，其实是个很有意思的地方。

无视陌生人的下町品格

这话又该怎么说呢？下町这种地方有人情味儿，这当然很好。可要是仅仅根据这一点就大唱赞歌，可就大错特错了。我看了系列电影《寅次郎的故事》就想，导演山田洋次肯定不是下町的草根出身。后来一打听，果然，他是大阪人。

搞什么呀？"疯子阿寅"这样的家伙，下町里哪儿有啊？这个车寅次郎，怎么看也是个练摊的[9]，是个混混儿嘛。混混儿突然回家，大家自然是会恼火的。

平时见不着面的混混儿，突然回到下町来，还装模作样地对人说"喂！年轻人"什么的，人们只会觉得讨厌。心想这家伙怎么又来了？怎么会说"阿寅，你终于回来啦"之类表示欢迎的话呢？

下町这种地方，大家是不愿意跟与自己无关的人搭茬儿的。也就是说，他们只在自己的生活圈子内建立人际关系，对圈外人毫不关心。也正因为这样，才能自己过自己的小日子，不给别人添麻烦。

以前，我家附近搬过来一个演员。据说还是坂本九[10]的资助人什么的，仅凭这一点就是个名人了。背后自然也有些"那人经常上电视"之类的议论。也有些不开窍的傻瓜去找他签名。可这时，其他人的反应就很有意思了。

有人说："怎么能去要人家的签名呢？这不是给人家添麻烦吗？"

有人说："那种人，别理他！"

还有人说："那小子居然让自己出名了，真是个笨蛋！"

总之是不想与之发生任何瓜葛。

江户时代的农村，村里人要是违反了村规是要被赶出村子的，下町也一样。同伴之间的关系十分牢固，可对于陌生人则是彻底视而不见。他们对同伴会说"吃了饭再走吧"，而对陌生人是绝对不会说"没关系，在我家住一晚再走吧"。所以小偷一到下町，很快就会被认出来的。要是哪家丢了东西，立刻会有人说"就是那小子偷的"，因为"那小子"是外来的。

于是谁都不来下町了

话虽如此，可下町里也并非没有坏蛋。我就在南千住，受到过好多次敲诈勒索。下町里还有偷自行车的孩子。

不过他们的偷法也很特别，并不是一声不吭地拖走。他们看到哪儿有上了锁的自行车，就擅自跨上去坐着。等到自行车的主人回来，就对他说：

"这车是我捡的。"

"怎么会是你捡的呢？明明是我放在这儿的。我怎么会随便扔掉自行车呢？"

"不，就是我捡的。"

"所以你得给我钱。因为我帮你捡回来了，所以你得给我钱。"一般都这么说。

还有，卖关东煮的推着车过来后，他们就掀开盖子捞东西吃。摊主自然大为恼火。

"小浑蛋,你干吗?"

"没干吗。"

"你吃了我的东西。"

"我没吃。"

"快给我一边去,你个小浑蛋。别跟着我。"

可他照样跟着。

"我帮你推车吧。"

"谁要你推车?"

就这样,他又掀开盖偷吃了一个。

"小浑蛋,你吃了章鱼了吧,都露在嘴外面了。"

"没吃,那是我的舌头。"

"哪有带吸盘的舌头?你个小浑蛋。"

然后,摊主就舀了汤去泼他们。他们嚷嚷着"烫死了!烫死了!"却张大嘴等着喝汤。

"我才不给你们喂汤呢。"

最后那摊主也只得怒吼一声"你们要是再来,看我不打断你们的狗腿"了事。

而小鬼们呢,扔下一句"小气鬼"后走人。

还有拉洋片的老爹，也常来做生意。他们都将洋片盒放在自行车的后座上，一边拉给人看，一边卖糖稀、浇汁烤饼等零食，赚小孩子们的钱。通常，他们都会先将自行车停在某处，然后敲着梆子四处叫喊"拉洋片的来了，看拉洋片啦"，好聚拢观众。可往往是当他们转了一圈回到原地时，发现自行车没了。

"有谁看到拉洋片的自行车了吗？"

就在这么到处打听的当儿，小鬼们就骑着车跑了。他们跑到公园里，吃着糖稀，自己拉开了洋片。

"这儿的小鬼怎么这么可恶？这种地方以后再也不来了！"

搞到最后，卖关东煮的也好，拉洋片的也罢，总是撂下一句"这种地方以后再也不来了"，便悻悻而归。

为什么下町的穷匠人活得挺有范儿

我老爸是个油漆匠。我们家附近尽是些我老爸这样的工匠。对门儿住着的，就是个木匠。

所以我打小就受到工匠们的关照。小学、初中里不是有手工作业吗，就是从学校领了木头回来要做个船模什么的，我出了学校就直奔工地，跟那儿的木工师傅说：

"大叔，帮我锯一下吧。"

那个大叔嘴里嘟囔着"烦不烦呀，小笨蛋"，手里却操起锯子来，三下五除二就帮我锯好了。

"拿去！"

于是在场的其他师傅都凑过来，七嘴八舌地议论开了。

"要做船，就得这样啊。呃，得安个烟囱才像吧。"

还七手八脚地帮我干了起来，结果做成了一艘很了不得的船。

"喂，喂。小学生能做出这么好的船来吗？你连凿子都使上了，想干吗呀？"

有时他们还吵架呢。非常有趣。

之所以觉得做个工匠挺好，那是因为他们有上班族所没有的自由。不受体制的束缚，多少能活出点自己的意思，即所谓的匠人范儿吧。

下町的工匠们一干完活儿，是必定要去小酒馆喝两盅的。就连去的酒馆也都是固定的。他们连衣服都不换，就坐在那儿喝上了，嘴里还嘟囔着："真够味儿啊！"那模样是挺有范儿的。

他们总去同一家便宜的酒馆，不上别家去。因为去了别家酒店就不自在了。就连喝的酒也总是那么一种。

"谁要喝威士忌呀？当然喝日本酒了。"

嘴里嘟囔着，一到傍晚就开喝。不一会儿，各个工地上的匠人都回来了，聚在同一个小酒馆里。

木匠也好，泥瓦匠也好，都是街坊邻居，见了面有事就招呼一嗓子：

"喂，来吃这个吧。"

有时也斗两句嘴。

"活儿咋样呀？"

"关你屁事！浑蛋。"

有时还说几句别人的坏话。

"那个木工头儿，活儿不行啊。"

"那叫什么房子？连门窗都关不紧嘛。"

推杯换盏间说说笑笑，下酒菜不是炖杂菜就是拌黄瓜，没一个像样的。可即便这样，仍叫人觉得十分有范儿。

这是因为，这里面透着一种达观。"我就这样挺好啊"——自我满足感特强。至于"我要靠这份工作出人头地"这样的想法，压根儿就没有过。觉得这样的生活虽说不上有多好，但只要衣食无忧也就行了。"每天干完活儿回来能这么喝两盅，真舒坦啊"——给人的感觉就是如此。这样的氛围真好。

金钱本就是个脏东西

贫穷是可怕的，穷日子谁也不愿意过。可是，只要弄明白了自己的分寸，也就不觉得难受了。说到底，有钱这事儿，原本是很没品的事儿。不过从前的有钱人品位还都不错。为什么这么说呢？因为他们并不会炫耀自己有钱。

把欲望赤裸裸地暴露出来，那就没品了。将其说成本能也未尝不可，肚子饿了就吃饭，想要钱了就去赚。这跟凭本能活着的动物又有什么区别呢？

自古以来，江户当地人是"不留隔夜钱"的。要让我来解释的话，那就是穷人最起码的自尊。"我可不是为了钱活着的""钱攒着不用干吗呢？"——也是对守财奴的嘲讽。钱，是脏东西。一个劲儿地搞钱是罪过——从前的人们都懂得这个。

所以，从前的有钱人是不会打扮得花里胡哨，招摇过市的。相反，那些拼命显摆的人，都是些没品的土豪。有品位的有钱人是看不上那些个土豪的，他们会在心里嘀咕："那小子不行。就知道钱，穿得花里胡哨的。真有钱的话，拿出来做点好事不好吗？"

现在也有那种不显山露水的有钱人，是不是？有时简直叫人怀疑，他是否真的很有钱。他们处事低调，毫不张扬。而那些张牙舞爪的都是暴发户，他们拼命嚷嚷着，就想让大家知道他很有钱。想必他们年轻那会儿都穷疯了吧。

还有，越是暴发户越是抠门。光炫耀自己有钱却从不请客。为什么那么有钱还那么抠门呢？我也搞不懂。从前的暴发户尽管也没什么品位，倒是肯请客的呀。

想来是如今的暴发户压根儿就不懂作为一个有钱人应有的教养吧。钱是个脏东西，所以花的时候一定要干净。如何才能干净地花钱，那是必须加以考虑的。而如今的暴发户，则是腥腥腌腌地花着腥腥腌腌的钱。

那么，当今的暴发户都把钱花在哪里了呢？让自己出名、吃好吃的东西、搞好看的女人——尽是些低俗不堪的用途。钱只用在满足自己的欲望上，为社会做贡献则想都没想过，这怎么行呢？

以前在接受采访时我也说过，我有个做法实际上是属于偷懒耍滑的。那就是，把钱全都甩给我妻子[1]去管。为什么这么说呢？因为我觉得钱是肮脏的，自己不愿意碰，却把肮脏的钱全部推给了妻子。不过，我妻子并没发觉这一点。

我妻子用我赚来的钱买房子，炒地皮，她只觉得"我们家那位把钱全都交给我来管了"，没觉着我把脏东西全都甩给她了。我的零花钱、房租、燃气费……她都不得不一一加以计算，却并没有觉得自己净被安排着干些没品的事儿。这种事儿要我来说的话，就只一句话："这种不干不净的东西，我才不要碰呢！"

被外国有钱人敲竹杠的夜晚

其实外国也有没品的土豪,我在美国的洛杉矶就遇见过这样的家伙。

那儿有家日本料理店,据说是连艾迪·墨菲[12]这样的大名人也经常光顾的。有一天我在那儿吃饭,后面来了一个不知道是克罗地亚还是哪里的东欧大财主。也不知道这家伙发什么神经,没过一会儿就兴高采烈地跟我说:

"我请你喝葡萄酒!"

后来他越来越疯,又对着店里所有的客人高喊道:

"全体都请!不论吃什么都是我买单!"

就是说,他为了显示自己多么有钱,要请所有的客人吃饭。我乐得大喝了一场。好人哪。

估计这家伙以前吃了很多苦,后来莫名其妙地赚了很多钱吧。就跟现今的俄罗斯石油暴发户似的,一下子就成了土豪了,所以兴奋得不行了,急于让人知道"我现在有钱了"。这跟日本以前的暴发户并无二致。

来到日本的外国人当中，也有些莫名其妙的家伙。

有一天，我突然想跑步了，就在我家附近慢跑了起来。突然有个外国人跑过来"Takeshi, Takeshi[13]"地叫我。因为他跟我说的是英语，我就用日语跟他说：

"我听不大懂英语。"

他就用日语说道：

"我，你电影的，粉丝。"

还递给了我他的名片。

原来这家伙是日本某大银行的投资顾问，说自己是企业并购的专家。他还说他是个犹太人，因为工作关系，经常在日本与世界各地飞来飞去。

"我要在日本待一星期。一起吃饭，好吗？我请客！"

说着，还在名片上写下了他的电话号码。

好像还挺有趣的啊。我就说：

"还是我约你吃饭吧？"

"哎？"他吃了一惊，又问道，"真的吗？"

"当然是真的了。你有没有朋友什么的，一起来好了。"

"好吧，我带一个朋友来。"

于是，我就预约了一家寿司店，说好了跟他在那儿见面。

那个家伙带着另一个外国人倒是准时来了。我也是带着年轻的弟子去的,我们吃着吃着,那家伙兴奋地喊着:"寿司,我的最爱!"那天的红酒喝的也是很贵的。我想这也没什么,我自己也喝的嘛。大吃大喝之后,临走时那个家伙掏出了钱包。

"谢谢!"说着,他递给了我一张1万日元的钞票。然后说,"这是我们俩的。"

怎么是1万日元?他们两人才吃了1万日元?那个寿司店可贵着呢。红酒也是木桐酒庄的,喝了两瓶呢。寿司他专拣肥的金枪鱼吃。给1万日元了事了?

那会儿美国的次级房贷危机[14]还没爆发呢,他们干金融的,年收入肯定几亿日元吧。穿着打扮也像个有钱人嘛。可是,就1万日元,一人5000日元。

我穿爱马仕会遭报应吗?

还得说老妈对我的影响是很大的。她常对我说:
"银行就是个放贷的。"

"炒股就是赌博。"

"用信用卡等于跟人借钱。"

"跟人借钱没好事儿,会没朋友的。"

所以信用卡的小额贷款什么的我是不弄的,其实我压根儿就没有信用卡。

我只跟人借过一次钱。那会儿我还在浅草说漫才[15]呢,结果闹得很不痛快。当时是为了置办行头才跟人借了5万日元。借的时候没觉得什么,可还的时候就够呛了。借我钱那家伙,起初我还是挺感激他的。可渐渐地,他就变成了讨债鬼。

一听他说"快还钱",我心里就窝火。"这小子,太讨厌了。"——我心里这么想,可也没法发作。毕竟是我借了他的钱嘛,所以心情糟透了,心想要是当初不借就好了。这时我才充分理解了老妈那句话的深刻含义,就是"跟人借钱没好事儿,会没朋友的"。

就这点而言,我妻子或许可以说是与我老妈一脉相承的。无论是倒腾房子什么的,她都不搞贷款。我妻子的娘家是大阪的富豪,但在钱上面非常斤斤计较,许是在发财之前,他们也吃了不少苦吧。

我跟我妻子刚在一起的时候，我是住在她那里吃闲饭的。住的是高档公寓，她老家还给我们汇钱用，我当时觉得这日子过得可真舒坦啊。可没过多久，她父母那边就发话了："你们俩自己去挣钱吧！"也就是说，我们刚在一起没几天，她家里就断供了。说是都结了婚还要老家寄钱，丢人现眼。

于是，我们一下子就从高档公寓沦落到龟有那边脏兮兮的公租房了。那会儿我还是个不叫座的漫才师，没什么演出机会，整天在家里浑浑噩噩的。我妻子则去酒吧打工，干得十分卖力，所以我连头都抬不起来。

正如前面讲过的那样，我是把钱全都交给妻子管的，然后再从她那儿领零花钱。后来我觉得这挺好啊。为什么呢？因为每次跟她一起吃饭，不仅能拿到零花钱，她还给我买东西呢。或许那阵子我们夫妻关系还热乎着吧，每星期一定要在外面吃顿饭。一边吃，一边交流各种各样的信息。而每次吃饭后，我的待遇都有所提高。

疏远了一段时间后，一见面，两人就跟有说不完的话似的。在那种氛围下，譬如我说了一句"那件衣服不错嘛"，我妻子就会立刻给我买下来。我说了声"爱马仕不错啊"，她就从爱马仕的夹克到爱马仕的鞋子全都给我买来了，还买了爱马仕的手表呢。我心想，这倒不错啊。跟老婆大人吃顿饭，就会给我买各种东西。所以我每次都兴冲冲地去跟她吃饭，简直把这当作业务拓展了。

不过，怎么说呢？就我穿爱马仕这事儿，也是很值得反省的。

银座那儿不是有家瑞典的服装店吗？电视新闻里看到那门前排着老长的队呢。说那里的商品都出自有名的设计师之手，还十分便宜。我留神一看，一件夹克衫才4980日元。就我穿的这件，不是能买它100件了吗？

我头都晕了。不是一模一样的吗？看得我气不打一处来。说不定这家店跟爱马仕连面料都没啥差别，只不过爱马仕在衬里上缝了个品牌标签，仅此而已吧。虽说是老婆给买的，可一想到我穿的爱马仕能买100件普通衣服，我还乐滋滋的，我成什么人了？

我觉得我干了蠢事儿了，是要遭报应的。我这不成了没品位的暴发户了吗？

普通的衣服能说贵一些吗？哪怕是骗人的也好。要不，爱马仕也卖4980日元就好了。

电视里净播些没品的节目

如果允许我将自己的事情先放一边的话，我就来说说日本的电视节目吧。总而言之，电视里净播些没品的节目。

电视节目其实只有三种：色情、美食和搞笑。简直就是帕索里尼导演的《索多玛120天》，这部电影翻来覆去不断地演绎着权贵们的变态行为。索多玛原本是出现在《圣经·旧约》里的一个城市名。据说那儿的居民太没道德，结果遭到了上帝的惩罚。

如今日本的电视节目简直就跟这电影差不多。为什么每次播放都有那么多的吃饭节目呢？简直叫人难以置信。比如百货商场的地下饭店、各地土特产、隐秘的私家餐馆……尽是些关于吃的话题。

狼吞虎咽的胖子哈哈大笑着，找出饭量惊人的家伙来取悦观众。端出堆成小山的饭碗说"来，敞开肚皮吃吧"——一边播放着这样的节目，一边又播放着"非洲饥饿的孩子真可怜"之类的纪录片。脑子没问题吗？

出席的嘉宾也都是些莫名其妙的家伙。他们到底是干吗的？

不知道在评论些什么的评论家，没拍出什么像样电影的导演，不知道从哪儿冒出来的大学教授。还有什么随笔作家，真的只写随笔吗？我可没见过你的随笔集。你至少也得说是"自称随笔作家"吧！真叫人没办法。

就这些家伙，还在说什么"上流""高雅"，这不是搞笑吗？政治评论家也全都称作"时事评论员"，在综艺节目里人云亦云地乱说一通。其实不就是个"电视艺人"吗？跟我又有什么区别呢？装模作样，神气什么呀？

觉得"电视里说得都对"很危险

电视其实是个很不靠谱的东西，可似乎大家都不这么觉得。最近总算有人说"将大众带偏了的媒体就是电视"了。由于电视的全盛期很长，日本人全被电视带偏了。觉得上电视的人都很了不起，电视里说的全都正确，譬如"昨天电视里这么说了""那家伙上过电视"……

事情的对错、优劣全都由电视决定，我觉得这已经到了非常危险的地步了。电视主播仅仅是大众偶像而已，只有长得好看的人才能当。说是天气预报的播音员一定要有气象预报的资格，其实谁报还不是一样吗？结果还是让长得好看的人来播报。就连念新闻的女播音员，也都是些可爱的女生，正儿八经播新闻的，恐怕只有日本广播协会（NHK）了吧？

话又说回来，说是新闻，却一个也不新。发生了杀人事件，受害者肯定是美女，死掉的孩子肯定是好孩子。也就是说，所有的事件都按照媒体编排好的脚本进行着。

新闻节目安排的现场采访人员来到受害人这边采访时，接受采访的大妈肯定会说："她可是我们这一带出了名的美人啊。就这么死了，真是可惜啊。"或是："那孩子可讨人喜欢了，怎么就遭此不测了呢？"绝不会说"那本就是个讨厌的孩子"。即便说漏了嘴，也被掐掉了。

"你也能成为明星"——别扯了！

托了电视的福，不知不觉间搞笑艺人竟成了明星。与从前相比，可谓天翻地覆。从前人们常说：

"当什么搞笑艺人呀？笨蛋！"

搞笑艺人的级别很低，属于不值一提的职业，是落在社会底层的人。

我听说，"品"这个词，原本是佛教用语。"上品""下品"，在佛教中的读法与我们平时的说法是不一样的。并且，"上品"与"下品"之间，还有个"中品"呢。据说这是人前往极乐净土时的三个等级，这上、中、下似乎又各分三级，所以一共有九个等级。而处于哪一等级，就取决于你对佛祖的虔诚程度了。

深奥之处我也不懂，还请多多体谅。总之，假如这"品"就是针对人的等级标准，那么处于社会底层的艺人，自然是属于"下品"了。

所以说从前的艺人走红了，有钱了，人们也没觉得有什么。因为，原本就是下品的家伙，拥有了下品的东西嘛。或者觉得这种破落户有点钱就有点钱吧，大家睁一只眼闭一只眼也就算了。"钱是有了点了，可说到底，不就是个艺人吗？"如此而已。

如今则不同了。人们觉得"艺人可了不得呀"，是吧。即便是穷艺人，只要一上电视就了不得了。明明是下品，却一下子跳"上"去了。于是，艳羡者有之——"说不定我也能……"；贪得无厌者有之——"搞得好的话，能靠电视进一步走红，成为有钱人呢"。

之所以会这样，恐怕是因为如今这世道，出身决定了未来的缘故吧。也就是说，刚一出生，差别就已经存在了。从前，教育能消除不平等，所以都说"要想出人头地，就好好学习吧"。可如今想进好学校，也得有钱才行啊。不上补习班，绝对是跳不"上"去的。

靠教育"上"不去，那就搞体育吧。可搞体育更费钱。高尔夫也好，花样滑冰也好，不从小练起是出不了头的。而想要从娃娃抓起，花的钱可就不是一点点了。

不花钱就能翻身的法子，有没有呢？有啊！搞笑呀！当了搞笑艺人上电视！于是就报了搞笑艺人养成班。缴了两年学费，有表演天赋的一搭档就上电视了。可缴了学费后被赶出来的也比比皆是。人家说了：

"你没表演天赋！"

现实是严酷的，可如今的人们似乎都产生了某种错觉。

在从前的"街头电视时代"，大家都十分崇拜力道山[16]。不过尽管非常喜欢力道山，还在电视机前给他"加油"，却没想到以后自己也成为力道山。力道山是大明星，是一种远离一般民众的存在。长岛茂雄[17]也好，美空云雀[18]也好，都一样。他们都是可望而不可即的，是梦幻世界里的大明星。

应该说，正是因为让人觉得"成不了"，所以才叫明星。可后来一些"一般"的家伙也做起了梦来，觉得"说不定我也能成为明星"了。也就是说，"一般"与"明星"之间的距离缩短了。而这，正是电视造的孽。

就这么着大家都被骗了

电视很容易成为诈骗工具，事实上日本的各行各业都在利用电视实施诈骗。电视节目基本上就是诈骗犯的走狗。那些利用电视的家伙为了赚更多的钱，已经营造出了谁都能成为明星的机制了。因为明星越多，行业本身就赚钱越多嘛。

在原宿等地，不是有专门物色时装模特儿的"星探"吗？

"小姐姐,你也能成为模特儿哦。能上杂志、电视哦。"

他们花言巧语、巧舌如簧,从姑娘们身上骗钱。事实上他们骗取所谓的"登记费""拍摄费",根本不介绍什么模特儿工作,就是彻头彻尾的诈骗。

然而,之所以会有这类"模特儿俱乐部",正是因为有人上当。有绝对成不了模特儿的人愿意付钱嘛。这些人在大街上被人"探"到后,往往先说:

"哎?我怎么行呢?"随即又说,"好吧,我只登个记。"

于是就付钱了。像是明明知道遇上诈骗了,结果还是上了当。

与此相类似,如今大街上又出现了卖"历本"的家伙了,似乎生意还挺不错呢,是叫《开运历》吧,就是上面写着什么"干支""一白水星"的那个。历本是卖得不错,可卖历本的人一般都是虚无僧[19]打扮,脑袋上戴着顶很深的斗笠,手里拿着个收钱的盒子,站在路边。可你要是看看他的脚,就会发现人家穿着运动鞋呢。而且那双脚乌黑乌黑的,简直叫人怀疑他是不是黑人。

由于戴着深草笠，压根儿就看不见他们的脸，他们假装化缘的样子，一边"当、当、当"地敲着钲，一边站在路边喊：

"卖历本了——"

其实这日本话也说得怪怪的。再看看他脚上的运动鞋，上面还印着"耐克"呢！真是形迹可疑。

问题是如今的诈骗与从前大不相同了，动不动就要把人家的财产连锅端。可即便这样，上当的人还是很多，其中之一就是"投资养虾"了。

"投资菲律宾的养虾业，一年就能翻倍哦。"

有人就是靠这个噱头来集资的。可养虾怎么会赚钱呢？还一年就本钱翻倍？哪有这种好事？明明知道不大可能，却有很多人都出了钱。想必出钱的人都觉得自己会是例外吧。

一般来说，搞诈骗的那些家伙往往看看就叫人起疑心。其实他们自己也知道，所以为了不让大家怀疑，他们会请明星在豪华酒店里开说明会。而上当的那些人原本就只想着赚钱，会说服自己"上过电视的明星也出来动员了"，结果就相信了。你看看，这样的话，不就等于电视也间接参与诈骗了吗？

所以说，从各个方面来讲，电视把日本人搞傻了。估计是不把大众搞傻就赚不到钱吧。不过听说现在连电视台都在亏损，赚钱的行业已经换成互联网了。大家都用手机或电脑来发信息的，是吧，还下载音乐，玩游戏，所以互联网公司肯定赚钱了。

由于随时随地都能打电话、传照片、看电视，所以使用者爱不释手。可没注意到的是，你每次使用都在花钱呢。况且手机又不断地推出新机型，更新换代很快。于是大众的钱都流向互联网行业了，恐怕接下来就是互联网将日本人搞傻的时代了吧。

没品的选举、没品的政治家，还有没品的国民

只要看看政治家，就知道国民是什么样了——从前老听人这么说。话说，2008年的自民党总裁选举可真是没品啊。五个候选人突然从面包车里探出身来挥手。简直就是装腔作势，当上了总理大臣就前后簇拥着贴身保镖，一发现可疑人靠近立马喝道："滚一边去！"只有在

选举的时候，才从面包车里探出身朝人挥手，跑到商业街还"啊呀呀"打着哈哈跟大妈们一一握手。[20]

我可从未见过如此没品的做派。真就这么想要选票吗？要是这样，那就当选之后再来一遍呗。

要说这日本的选举本身就有问题，只在拉选票时跟人握手、拍照留念，这不搞笑吗？还有更搞笑的呢。有些大妈觉得"他都跟我握手了，我就投他一票吧"。更有甚者，在跟议员握过手后说："啊，我一辈子不洗手了。把票投给他！"

喂！你们这些人压根儿就不配拥有选举权！

就因为是这种程度的家伙在选议员，所以议员们才会搞那些没品的选举活动吧。简直叫人受不了，"只要看看政治家，就知道国民是什么样了"——真是一针见血啊。

政治家其实就是映照国民形象的一面镜子，考虑一下民主主义就该明白，议员的责任其实就是国民的责任啊。

日本的国民虽说也抱怨国会议员，却不去想把他们选上去的就是自己。他们虽然也批评道：

"官僚'下凡'[21]难以断绝之症结就在于国会议员。"

可要是反驳上一句：

"这些国会议员可是你们选上去的。"

他们就只能回答说：

"哦，这倒也是啊。"

讨论"国家的品格"之前，还有事儿要做吧

官僚"下凡"难以断绝，确实是因为政治家软弱。我曾听某国会议员说过这么一件事儿。

这家伙有一次因为机构改革之类的事跟财务省杠上了，不料国税厅的人突然找上了他，据说还找了他两次。国税厅的人拿出一份莫名其妙的文件，不动声色地说道：

"先生[22]，动静别闹得太大，好不好？我们也盯着你呢。"

估计那是一份与政治资金有关的文件吧。

就是说，议员要是有一点点破绽，那份文件就会被公开，就会追查偷税漏税了。所以他一看到就觉得"哎呀，不好"。国税厅的人将文件晃了一下立马就收回去

了。扔下了一句"保重"就回去了。此后，那议员就不再攻击财务省了。

其实，无论在哪儿，官僚都是十分强势的。所以"下凡"之类的事情是断不了的，就连演艺界都有"下凡"呢。

我在电视节目里是经常跟民主党的议员对话的，觉得事到如今还是让民主党早点掌权吧。可即便如此，我还是想说：

"到头来还是换汤不换药，跟自民党没什么两样。"

民主党的竞选纲领什么的，确实提出了一些与自民党不同的承诺。可是有时我也会想，那真的能够实现吗？"全面禁止官僚'下凡'"啦，"高速公路免费通行"啦，真会这么干吗？眼见得是干不成的嘛。估计他们上台后国家机构也不会轻易改变的吧。他们掌权后想在这方面用力，可想必官僚们依旧会我行我素的吧。所以一切周而复始，依然如故。

好吧，我们把话头拉回到"品"上来。身处当今时代，一个国会议员品行高洁，就应该全面履行自己提出的政策，并在做不到的时候引咎辞职。努力践行诺言，碰壁后立马辞职。这才是最有范儿的做派，难道不是吗？说一声"对不起！我没做到"，急流勇退后，再以同样的政治主张参加竞选。如此不折不挠地坚持下去，有朝一日，属于他的时代真会到来亦未可知。

说到国家的品格，我们考虑一下日本的品格就会发现，已经没有哪个国家的品格像日本这么低下的了。国民没品，官僚和政治家也没品。社会机制一成不变，且一点也改变不了。譬如说，既然抱怨《宪法》是美国人强加给我们的"，那就赶紧重新制定一个不就完了吗？

一说到这个，马上就有人搬出《宪法》第九条来，有嚷嚷着要"改宪"的，也有嚷嚷着"修改第九条就是践踏和平"的。能不能不这么着呢？搞一次全国公投，重新制定出"反战"的《宪法》第九条不就行了吗？

极端点说，哪怕搞出来的条文与现在的一模一样，也没什么关系嘛。但经过了国民投票，那就是自己制定了，不再是美国人为我们制定的了，是不是？就是说，履行一次改宪程序，其结果却是护宪的。连这点事情都不做，哪会有什么国家的品格呢？

注释：

1 自由滑雪竞技项目之一。从有多处隆起点的陡坡滑下，就速度、转弯和腾空跳跃等技巧进行比赛。

2 位于日本东京都文京区的游览环道式庭院。日本江户时代由水户藩主德川赖房及其子光国建造。

3 自1972年10月起，东京12频道播出的一档综艺性很强的体育节目。曾播放过旱冰游戏的对抗赛。

4 位于日本神奈川县藤泽市境内的小岛，是著名的观光疗养胜地。海之家是位于江之岛沙滩上的商店。

5 此指法国西南部波尔多地区出产的葡萄酒。

6 专卖晒干的紫菜、海带、鱼干等干货或腌货、熏货等的旧式商店。

7 此指弘法大师空海。空海（774—835），日本真言宗的创始人，谥号弘法大师。热心于文化活动和社会事业，擅长书法，为"日本三笔"之一。

8 因为北野武的父亲菊次郎是油漆匠。

9 专指节日、庙会期间在人多处摆摊的人。叫卖的东西往往以次充好，在日本人的感觉中比地痞流氓略好一点。

10 本名大岛九。日本演员、艺人、歌手、主持人。代表作品为歌曲《抬头向前走》。

11 1980年，北野武与松田干子结婚，育有一儿一女。二人于2019年离婚。2020年，北野武再婚。本书日文版出版于2009年，书中"我妻子"均指作者前妻，即松田干子。——编者注

12 艾迪·墨菲,出生于1961年4月3日,美国演员、歌手、编剧、制作人。

13 北野武之"武"的日文发音。

14 指2007年8月爆发于美国的因次级抵押贷款机构破产、投资基金被迫关闭、股市剧烈震荡引起的全球性金融风暴。也称"次级债危机"。

15 日本的一种喜剧表演形式,类似于中国的对口相声。

16 第二次世界大战后日本最具代表性的职业摔跤选手,也是将摔跤引进日本的先行者。被誉为"日本职业摔跤之父"。

17 长岛茂雄,出生于1939年,被称为职业棒球先生。

18 被日本社会视为历史上最伟大的歌手之一,还是第一位被日本首相授予"国民荣誉奖"的女性。

19 日本普化宗的带发托钵僧。一般头戴深草笠,披着袈裟,边乞讨边云游修行。

20 此次自民党总裁选举的结果是麻生太郎氏当选,后来就成了第九十二届内阁总理大臣。——原注

21 原指天上的神仙来到人间。此指退休高官受聘于与其职务有关联的民间团体或私人公司。含有嘲讽意味。

22 日本的议员与老师、医生、律师等一样,是被人尊称为先生的。

第二章

梦想

梦想成真，人生也就终结了

够不着的才是"梦想",不是吗?

如今是个"梦想"大贱卖的时代。"梦想"已变得毫无价值了。

"只要一直保持愿望,梦想就能实现!"

"能实现自己梦想的魔法咒文。"

"梦想不会背叛你!"

诸如此类的说法充斥着电视、书籍。这些迷人的话语背后都有DREAMS COME TRUE(美梦成真乐团)[1]的乐曲隐约可闻。

看看"梦想成真"的街头采访吧。少男少女们的回答是:

"买了名牌了。"

就"梦想"而言,这也太"小儿科"了吧?据说还有人嘴上说:

"这个包包,我想要了很久了。"

其实买的是二手商店里的便宜货。

看来凡是说什么"我的梦想成真了"的家伙的"梦

想",其实都是不值一提的。

"梦想"只存在于想象之中,能够实现的"梦想",都不是"梦想"!

如今,人们无论什么都会说成"梦想"。于是就有了"明天的梦想是什么"之类的说法——不谈未来,只说明天。

"明天的梦想就是:在很难订到座的某某饭店里吃一顿饭。"——这不叫"梦想"!知道吗?

就连非常琐碎的事情,也都说成"梦想"了,真是莫名其妙。

真正的"梦想",是指无论如何也做不到的,实现不了的事情。知道吗?唉,真叫人伤脑筋啊。

如今的社会,选项太多了。由于选项增多,有些从前属于"梦想"的东西,都不称其为"梦想"了。从前的穷人,在有生之年去一趟夏威夷啦,在智力竞赛中获奖 100 万日元啦,这些就是"梦想"。可现在呢,夏威夷谁都能去了。"震惊!夏威夷特别套餐,一位 28800 日元(燃油费、附加航费[2]另付)"——诸如此类,反倒是燃油费更贵。

100万日元，在从前也是一笔巨款。像我小时候，说到100万日元，能想到的是"那能吃多少碗炸猪排盖浇饭啊""能把糖果店里的口香糖全都买下了吧"。虽说这些想法是十分"小儿科"的，可当时就是那么个时代，所以100万日元在那会儿就是"梦想"，是可望而不可即的，可如今已是触手可及了。所以说，夏威夷也好，100万日元也罢，都不能称作"梦想"了，是不是？

如今人们所说的"梦想"，尽管内容已今非昔比，可其"小儿科"的穷酸味儿，却与我小时候并无二致。经济状态已经如此大幅改善了，"梦想"却还那么"小儿科"，不觉得可笑吗？只想着在人气饭店里吃顿饭什么的，这算什么"梦想"？

梦会让人脱胎换骨

古典落语[3]《芝浜》说了个做梦的故事。

一个只知道喝酒不肯好好干活的小鱼贩，有天被老婆一大早就叫起来外出贩鱼。可由于时间太早，鱼市还没开张呢，他就去海边洗了把脸，却在那个名叫芝浜的海滩上捡到了一个皮革钱包，里面装着四十二枚金币。那鱼贩子心想这下子够我吃喝玩乐一辈子了，还干什么活儿呢？他回到家，就招来一帮狐朋狗友，大吃大喝了起来，闹了一整天，喝醉后就睡着了。

第二天早上，老婆问他：

"昨天的酒肉钱用什么来付呢？"

他就说：

"我不是捡了四十二枚金币了吗？"

老婆说：

"哪有什么金币呀？你是在梦里捡的吧。"

确实，他把家里翻了个遍，也没找到那个装着四十二枚金币的皮革钱包。他心想，兴许那还真是个梦啊，一下子就泄了气了。不过他从此洗心革面，戒了酒，拼命干活儿，三年后竟然自己开店做老板了。于是在那年的大年夜，他老婆跟他说明了真相。

当然了，那鱼贩子当年确实捡到了钱包，并非做梦，是他老婆灵机一动给藏起来了。这是个有名的温情段子。中间他老婆跟他讲明了真相的那段，我在此就省略了吧。总之，讲明真相之后，他老婆见他戒酒三年，干活儿卖力，就劝他在大年夜里喝点酒吧。鱼贩觉得也是，现在似乎可以喝点了。可他刚把酒杯端到嘴边，立刻又放下了，说道："还是别喝了吧。要是这一切又变成了梦，可受不了啊。"——落语就此结束。

一个酒鬼，因为一个梦而成了个正经人。也就是说，梦是会让人脱胎换骨的。梦的分量是如此之重。要不说，原本不可能发生的事情，才能称作"梦想"呢。

实话实说的孩子

"梦想"遭到贱卖，其原因或许就在于荒唐的教育。我觉得如今的家长和学校，都在把"梦想"强加给孩子。

实际情况如何不得而知，可他们动不动就说什么"我们家孩子说不定是个天才""盼望他（她）长大后大有作为"，总之，对孩子的期望过头了。哪来那么多的天才呢？由于期待过高，所以老问孩子"你的梦想是什么？""宝宝长大后，想当什么？"并强迫孩子回答。孩子也是被逼无奈，只好说"想当足球运动员""想当消防队员"，其实他们压根儿就不明白自己想当什么。也难怪，不就是因为"不明白"，才去上学的吗？

孩子就是孩子嘛，哪有什么"梦想"？可大人们却不依不饶，说什么"要是能早日实现宝宝的梦想就好了"，非要把"梦想"强加给孩子。

我上小学那会儿，在被问到长大后想成为什么时，同学中就有人因回答了"女人的内裤"而遭到老师暴揍的。

"你将来想成为什么？"

"呃，女人的内裤吧。"

"胡说八道！"

"啪——"

"老师，你怎么打人了？"

"浑蛋！你不想想你都说了些什么？"

那小子心想，成了女人的内裤就能一直贴近女人的某个局部了，结果惹得老师勃然大怒。不过也有人觉得，如此实话实说也没什么错。

还有男生说要成为"老婆"的呢。

"我长大后，想成为老婆。"

天知道他是怎么想的。

"你怎么可能呢？"

大家都嘲笑他。可过了好多年后，听说他成了同性恋者了，真叫人无语啊。跟有了"男校毕业的女大学生"一样，如今男人想成为"老婆"，也并非没有可能。因此，我们已不能随随便便地使用一些以男女差别为前提的词语了。因为，"娘娘腔"的家伙是真的可以变成"娘娘"的。你还有什么好说的呢？

"太娘娘腔了吧。喂，你是个女人吗？"

"是啊。"

你还怎么说他？

"你小子，怎么跟个女人似的？"

"我就是个女人呀。"

"哦，这样呀……"

这些都行吧，但话要说回来，将这些无法实现的目标当作"梦想"，从本质上来说，反倒是正确的。

日本可没有什么"美国梦"，不过美国也没有

日本人张口闭口地嚷嚷着"梦想""梦想"，应该是受到了美国式价值观的巨大影响了吧。

"我们正身处重大的危机之中"——正如新当选的总统在就职演说中所说的那样，如今的美国也开始走下坡路了。可曾几何时，日本无论是经济还是别的什么，全都朝美国一边倒的。霍利A梦[4]啦，村上基金[5]啦，全都靠美国式的"炼金术"，不费吹灰之力就成了大财主，于是受到了大家的追捧，说他们是"实现了自己的梦想"的"人生赢家"。而另一方面，又出现了"差别化社会""胜利组""失败组"之类的说法。这些都是与"实现梦想吧"的说法同时出现的哦。于是大家都不愿被归入"失败组"，都要"实现梦想"进入"胜利组"。大家都渴望成功，即便把别人踩下去，自己也要成功。这不就是美国式的DREAMS COME TRUE模式吗？

以前我去美国的时候，曾跟一个美国人吵过一架。那家伙又穷，又没有学历，一无所有，却一厢情愿地认为，自己将来会如何如何。

"Takeshi，你觉得美国怎么样？是个很不错的国家吧。在这个国家里，是有着'DREAMS COME TRUE'的哦。"

当时我们正在观看篮球比赛，应该是NBA吧。那家伙指着场上的一个球员说，你看那个黑人球员，他是从贫民窟出来的，是从一贫如洗而一跃成为明星的。这就是"美国梦"，就是"成功故事"。还说，他行所以我也行。我听了就忍不住反驳他说：

"可那小子有天赋，你没有呀！"

于是我们就吵了起来。

所谓拥有"梦想"的，尽是这些没有任何天赋的家伙。不过，换个角度看看，大众拥有了"梦想"就不会发生暴动嘛，穷人拥有了"梦想"，相信自己能实现"梦想"，就不会自暴自弃了嘛。所以就国家和社会而言，还是让没有任何天赋的人，也都拥有"梦想"为好啊。让人拥有了"梦想"，就能防止怨恨爆发。所以说，所谓"梦想"，其实就是一种合法的麻醉剂。

美国纽约的贫民区确实诞生了一些嘻哈歌手和体育明星。他们出了名，赚了大钱。可这种出人头地的天才，只是凤毛麟角啊。

可由于这些人成了"爱拼就会赢"的人生榜样，于是就连一些五音不全、肢体笨拙的家伙也都说"我还是大有希望的""未来有什么等着我呢"。抱歉，你的未来什么也没有，现在也只是麻药还有效而已。

"寻找自己"的寻宝之旅

"成为自己想成为的自己"——这话也常听人说起。于是，有些家伙就踏上了"寻找自己"的旅途。其实，他们压根儿就不懂真正的"自己"。不明白"自己"其实是一无所有的。

可"一无所有"是难以接受的，所以他们为了寻找与今天的自己不同的"自己"，就踏上了旅途。也就是说，他们踏上的是寻找不存在的东西的旅途。这就跟探宝之旅差不多了。就跟探寻"德川埋藏金"[6]似的，无论你怎么找，都只能空手而归。

"我不是这样的，我肯定是有什么天赋的"——好像要去发掘出什么沉睡中的天赋似的。可天赋并非沉睡着，而是压根儿就没有呀。有人以为自己的才华被埋没了，跑到车站去推销自己写的诗集、演奏吉他……看了这些人我真想说，你哪来的天赋呢？

说到底，还是不肯承认自己"一无所有"，所以才说什么"寻找自己""重新审视自己，发现新的自己"。而在如此追问自己到底是什么的背后，则隐藏着一个"应该有个与现在的自己不同的自己"这样的积极意识。

"我有音乐天赋""我可不是为了干这个而来到世上的""我还有着更值得做的事情呢"——如此这般，所谓的"寻找自己"，不都出于诸如此类的正面意识吗？为什么不反向思考一下呢？用消极意识来思考一下的话，就是"别瞎折腾了，还是踏踏实实地过日子吧"，这也是"寻找自己"呀。

我没有任何天赋，我就普普通通地工作、结婚、生娃好了——为什么不这么考虑呢？

过普通人的生活比出人头地更有品位

在教育孩子时，告诉他们最朴素的道理，比如"普普通通地活着，普普通通地死去是最好的"。否则，恐怕就没人肯老老实实地当农民了吧。

可现状又是怎样的呢？父母也好，学校也好，社会也好，都在一个劲儿地把"梦想"强加到孩子们的头上。

"你的梦想是什么？"

"要有梦想！"

"要实现梦想！"

在如此铺天盖地的"教育"之下，孩子们被洗脑了。他们觉得"哦，原来没有梦想是不行的呀"，并理所当然地觉得"总有一天会梦想成真的"。

2008年6月8日，秋叶原爆发了街头杀人事件。据说凶犯在网上发帖，声称"'胜利组'都去死吧！"从小被强加了许多"梦想"，结果做了一名派遣员工还被开除了，于是自暴自弃，报复社会——这倒也并非不可理解。

日本大企业的做法从来就是收购土地后成立庞大的联合企业，并大量雇用员工。泡沫经济破灭后，正式员工公司是必须一直管到退休的，而临时工就只被当作廉价劳动力来使用了。这就等于把大家都推向社会了，于是，大量的"没有梦想的操作工"就应运而生了。

可尽管如此，社会却仍对这批家伙不断施加压力。这就等于对金鱼缸里的金鱼说：

"你快快长大，将来是要到河里畅游的哦。"

并投下一点点鱼食。

怎么可能长大呢？金鱼就是金鱼嘛。金鱼的身体就适合在小小的鱼缸里游动，是不可能长大的。投再多的鱼食，顶多也只能成为一条胖金鱼而已。

我在此思考人的品位，我觉得比起一心只想着出人头地或发大财，不为人知地过好自己的日子的人，品位要高得多。普普通通地结婚，普普通通地生娃。普普通通地把孩子养大，安安静静地死去。不显山不露水，平平淡淡地度过一生是最好的。

推崇像我这样不知怎的就发迹了、有钱了的家伙，是十分荒唐的。像我这样的是极其没品的，而更加没品的是，一心想着出人头地，一心想着一夜暴富却失败了的家伙。

只要仔细思考自己能力范围所及的事，在自身的范围内，以自己的能力来思考身处的时代，不给别人添麻烦，不显山露水，普普通通地过日子——这就是最好的处世之道，也是最有品位的活法。但是，也不知道从什么时候开始，日本战后那荒唐的教育宣扬起要出人头地，要发掘出值得夸耀的东西来了。

"让梦想成真！""梦想定能成真！"——这么强迫

并无能力的家伙去努力追求梦想,结果呢?引发了犯罪。"我的梦想实现不了啊!"——于是产生了大批自暴自弃的家伙。这些家伙把自己的梦想成不了真的原因,归结到了别人的身上。

开着卡车闯入秋叶原的十字路口,挥舞刀子杀了七个人的那个临时工,正是这类人的典型。而这些对未来已经绝望了的"杀人犯",一般都会说:"杀谁都一样。"他们还会说:"为什么我就不能跟那些家伙一样呢?"把自己的责任转嫁到他人的头上。

甚至有些人被自己的老爸骂了,被女朋友甩了,就想去随机杀人。这些人或许正是在懵懂无知的孩提时代就被灌输了许多的"梦想",而一旦明白了所谓的"梦想"其实是个无法实现的梦幻之后,就发现是社会将"梦想"强加给自己的了。所以他们要报复社会,觉得"杀谁都一样"。这些家伙一旦变多,恐怕在太平已久的日本,也会发生暴动的吧?因为强迫人们拥有"梦想"的力度越大,反弹也就越强烈嘛。

因为强迫，所以梦想没品了

写诗、弹吉他，或者跟人搭档说漫才——哪怕没什么人听。总之，只要你干点什么，就有了个头衔了。

"你是干吗的？"

"我是诗人。"

"我是搞音乐的。"

"我是漫才师，搞笑的。"

即便眼下还没什么人气，可总算是有所追求，也加入某个俱乐部了。这样的话，就能让自己比较安心，或者说社会就是对没有天赋的家伙如此宽容。毕竟这个社会的眼光，还是更偏向有梦想的人。

然而，有梦想也好，没有梦想也罢，如果没有天赋，还不都一样吗？为什么要把有梦想的家伙称作"好孩子"呢？

可他们偏要说"至少得有一样拿手的东西吧"，于是就强制别人朝这个方向去"梦想"，还说什么肯定能实现。可拥有了"梦想"却实现不了的也大有人在啊。而另一方面，认为自己没有梦想却偏偏出人头地的人，也是存在的吧。那又为什么非要让大家都拥有"梦想"呢？

就本质而言，人生下来后总是要死的。不管你多么成功，多么有钱，死的时候是一分钱都带不走的。所谓遗产都是孩子、家人的，虽说以某种形式留了下来，但已经与死者没有任何关系了。为了"颂扬其丰功伟绩"而建个纪念馆也与死者本人没一点关系。既然这样，那么强迫别人拥有"梦想"，强迫别人成功，强迫别人发财，强迫别人成为伟人的做法，不就显得很可笑了吗？

与其教育孩子要成为一个伟大的人，不如教育他们"别犯罪""成为一个不做坏事的人"。虽说不做坏事是理所当然的，但"做个不给别人添麻烦的人"才是教育的最大目标吧。对此只字不提，只一味强调"梦想"与"成功"，可见如今的世道是毫无品位的。

把"想成为的自己"先放一边吧

不管怎么说，人总是要量力而行的。客观分析一下自己的能力，是绝对必要的。

世人嚷嚷着梦想、成功、出人头地，可要我说，"成功"的秘诀就在于"不要成为最想成为的人"。只要从事了自己最想从事的职业，人生也就到头了。因为你已经成了自己想成为的人了，前面自然是没有什么奔头了。

成功的秘诀，其实不在于你最想成为什么样的人，而在于先做上内心排名第二位、第三位的工作。这会让你觉得，我还有更想干的事儿呢！只不过眼下没这个能力，所以只好先干点别的。能够如此客观地看待自己的人，成功的可能性反倒是极高的。

听我这么一说，或许有人会讲："北野武，你当然行了。说漫才出了名，赚了大钱。你自己成功了，自然能说漂亮话了。"

其实，正如我接受采访或在别的场合下常说的那样，我从不为自己成了漫才师而沾沾自喜。我也不是想当漫才师才成为漫才师的。想当年，我是大学退了学，走投无路才开始说漫才的。后来成功也等同于运气好，中了大奖，仅此而已。

做电影导演也是这样，是源自一个偶然的机会。并不是一开始就想着要当电影导演的。

一般来说，中一次奖已经很幸运了，而想要连续两次中奖，就未免有些厚颜无耻了。换句话说，如今想当漫才师的年轻人真的成了漫才师，就相当于中了一次奖了。而在此基础之上，还想要走红，那就等于祈愿"让我再中一次奖"，就有些厚颜无耻了。倘若真的连续两次中奖，那就只能说他异乎常人了。

全国的棒球少年都想成为职业棒球选手吧。当他通过了选拔，真的成了棒球选手的时候，就相当于中一次奖了。而之后又成了明星球员，进入了甲级联赛，就相当于又中了一次奖。而这只有极具天赋的特殊少年才有可能。也就是说，通常而言，成了自己想成为的人，就足够了。

一般来说，从小就被强迫性地拥有"梦想"的人，真的如愿以偿之后，往往是要失败的。而能说"我并不是自己想成为这样的人"的家伙，更能够客观判断自己所处的环境，反倒更容易成功。

我从没觉得做了艺人，就是实现了"梦想"。因为我是走投无路才做的艺人。把成为艺人当作自己的"梦想"，出了点名就自以为成功了，这种愚蠢的想法我是绝对没有的。

或许只要把"宅力"用在别处就行了

净做些看不见摸不着的梦,实现不了就将责任推给别人。正如前面所说的那样,"杀人狂魔"就是这类人的典型。除此之外,还有不少"女跟踪狂"呢。说什么"我要做他的女朋友""他为什么看也不看我"。拜托!你是谁呀?谁要看你呀?

男人也一样。说到某个偶像,有人就大言不惭地说"我来保护她"。人家明明说了"不用你保护"了,还拎不清,说什么"没我怎么行",这样的傻瓜还不少呢。这就已经不是"梦想",而是"妄想"了。

只要稍稍用脑袋想一想就明白了,要是觉得"尽管她看也不看我,可我还是老想着她的。只要这样也就够了",买来写真集,做个"偶像宅",倒也蛮可爱的不是?可要是觉得"她为什么看都不看我一眼",就直接找上门去了,那就没品了。因为将妄想与现实混为一谈了,所以没品。

总的来说,我觉得做个"宅男(女)"还是不错的。

世人似乎都用歧视的眼光看待"动漫宅""人偶宅"之类老在秋叶原一带转悠的人，还指指点点的，真叫人受不了。其实，要是我们把能在某件事上倾注热情的人叫"宅男（女）"，那么我倒觉得能成为"宅男（女）"是很了不起的。因为，仅在一件事上倾注热情这样的状态，是他们自己创造出来的。

正因如此，我认为"宅"的范围必须进一步扩大。譬如说，喜欢数学的成为"数学宅"，喜欢物理的成为"物理宅"。就连艺术家，也完全可以成为"艺术宅"。谁能保证"数学宅"不会得被称为"数学界的诺贝尔奖"的菲尔兹奖呢？虽说"物理宅"可能是个一天到晚做题目，外出散步时嘴里也嘟嘟囔囔的怪人，可要是这家伙得了诺贝尔奖，大家就会称赞他是个了不起的天才了吧。

不过，恐怕能成为什么"宅"的人，压根儿就没想到要去得什么奖。因为他们只是在做自己喜欢的事情，仅此而已嘛。称他们为某个方面的专家或许也不为过，可就跟建造庙宇的工匠似的，他们只专注于自己所干的活儿。既不是为了发财，也不是为了出名，许多人都只想"能摊上好活儿"。地位、名誉全然不顾，只是一根筋地干活儿。

我觉得这种活法，其实是很有品位的。

虽说钟情于动漫或角色扮演也未尝不可，但我觉得要是能将这种热情倾注在别的方面是否更好呢？既然有成为"动漫宅"这样的热情，那么搞搞生物研究或传统工艺，应该也不在话下吧。我觉得提供这样的选项，或者说引导"宅男（女）"们把热情转移到别的方面去，也是教育的分内事吧。

"牛人"是何许人？

都说实现了梦想就成了"牛"人，可我却不懂那有什么了不起的。有钱就"牛"了吗？出名就"牛"了吗？

从前，我老妈常说："书读多了，会变成小说家。"她觉得小说家简直是胡闹。在下町，人们见到像我这样的，就会说："笨蛋！你这不跟小武一样吗？怎么就成了搞笑艺人了呢？好可怜啊。"也就是说，艺人是被当作社会的受害者的。如今却翻了个个儿，搞笑艺人似乎高人一等了。

还有音乐家、画家等，凡是搞艺术的家伙似乎也都高人一等，成了很"牛"的家伙了，真是莫名其妙。去非洲的贫穷国家看看就明白了，许多行业在那儿是毫无用武之地的。艺术家就是没用的家伙，不管你多么出名，在吃不上饭的人跟前，是一点用处也没有的。

总而言之，对于非洲的贫困人口而言，能为他们种出庄稼来，能帮他们吃上饭的人才是"牛"人。而直接把食物送过去的人，简直就跟上帝一样"牛"了。给他们听音乐，看绘画，又顶个屁用！你那个艺术又不能当饭吃！

所谓艺术，其实就是这么个玩意儿。可不知从什么时候起，搞艺术的家伙似乎就高人一等了，还扬扬得意地说什么"我是搞艺术的""我的作品贵着呢"。他们居然爬到了为了填饱肚子而拼命工作的普通人的头上去了，还瞧不起普通人，嘲笑普通人。这样的时代本身就够荒唐的。

难道不是这样吗？从前一打起仗来，有钱人逃难到了乡下，就只得用随身带的东西去跟农民换吃的，一颗钻石换一个番薯什么的。那是遭到了以前被他们瞧不起的农民的报复了。所以说，觉得自己高人一等、出类拔萃，这样的想法是要不得的。

不肯努力的人也没资格谈梦想

其实，只要不把"梦想"用在那些稀奇古怪的事情上就行了。不分青红皂白地把什么事都扯到"梦想"上，才搞不清楚状况。

倘若一定要说拥有"梦想"的话，至少也应该把"梦想"换成"奋斗目标"。为了做自己想做的事，为了成为自己想成为的人而用功学习，这挺好呀。别看我这样，我工作起来也努力着呢，与那些只会做梦，却什么都不干的家伙是截然不同的。

如今有些家伙最最要不得的就是，只做梦，却一点也不努力。正如前面说过的那样，实现不了梦想，他们就归咎于他人。

即便将来有自己想干的事情，这也称不上什么"梦想"呀。因为"梦想"是另一个维度里的事儿了。把梦想变为现实的方法，是不存在的，因为那就是"梦想"嘛。遇上什么机会，针对自己的手够得着的东西——而不是"梦想"，加以努力就行了。朝着某个目标加以努力是应该的，至于"梦想"，想想也就行了。

所以说不要拥有什么"梦想"，不能拥有什么"梦想"。"梦想"在现实中是实现不了的。反过来说，能出现在现实中的梦幻般的事情，只有"基因突变"。因为只有"基因突变"才能使生物进化。新的高产作物全都源自"基因突变"嘛。凸眼金鱼的大眼睛，并不是慢慢培育出来的，而是突然变大的。

而这种"基因突变"，是不可能发生在普通人身上的。既然如此，那么我觉得像个真正的日本人那样活着，心怀感恩，踏踏实实地过日子才是最好的。

注释：

1 日本两男一女的流行歌曲演唱组合。

2 因突发事件不得不改变航线时所增加的费用。

3 日本的一种由单人表演的口头曲艺，内容丰富多样，语言诙谐幽默，并配以表情手势来进行表演。相当于我国的单口相声。"落语"一词始用于明治二十年（1887年）。

4 即堀江贵文，出生于 1972 年 10 月 29 日，日本知名门户网站 Livedoor（活力门）的前总经理。因长得跟动画片《哆啦 A 梦》中的机器猫有点像，而他的姓"堀江"日语发音为"霍利哀"，故被戏称。

5 村上世彰（出生于 1959 年 8 月 11 日）创建的投资公司。2005 年，村上世彰因涉嫌"日本放送"股票的内幕交易而遭逮捕，时称"村上基金事件"。2011 年 6 月 7 日，村上世彰被判有罪。

6 传说日本江户时代末，德川幕府为了防止黄金外流，将大量黄金与古董等埋藏于关东地区北部的群马县境内的赤城山。于是许多想一夜暴富的人纷纷前去探寻，大多一无所获。

第三章

「粋」

真正的『粹』体现在为别人着想上

高仓健的"粹"是从哪里来的？

"粹"这一现象有着怎样的结构呢？首先，应该考虑的是，我们该用怎样的方法来阐明"粹"的结构，我们是否能把握"粹"这一存在？"粹"已构成了一种意义——这是不可否认的。而"粹"在语言上是成立的——这也是事实。那么，"粹"这一词语具有能在各国语言中找到对应词语的普遍性吗？

——九鬼周造《"粹"的构造》

这是哲学家九鬼周造在昭和五年（1930年）写的书，封面上的宣传语是："反映着日本民族独特审美意识的'粹'到底是什么？"可看不懂就是看不懂，只得敬谢不敏了。

要是用我自己的话来说，所谓"粹"，就是"掌握常识之后的高级活法"。这里面自然包含着多种含义，可我觉得首先应该体现在体贴和顾虑别人的感受上。能够凡事为他人着想的人，不就是很酷的吗？

说到这儿我首先想到的，就是以前我也经常提到的高仓健了。阿健的酷劲儿，就在于为别人着想上。

老实说，我第一次见到高仓健，就被他感动了。那是二十年前的事儿了，当时，我跟他共同出演电影《夜叉》，拍摄外景时去了福井。我到那儿的时候，阿健已经在福井车站的站台上等着我了——站在雪中，抱着花束。

"是小武吗？我是高仓健。你能出演我的电影，太感谢了。请多多关照！"

我一下电车他就这么对我说，还送了我花束。我心想，啊，他可是高仓健啊，怎么办？真是不好意思啊。

虽说被请吃了河豚刺身……

在电影里，阿健演一个金盆洗手了的黑道大哥。我则演一个没出息的吃软饭的家伙。到了旅馆稍事休息，很快就到了吃饭的时间了。我跑到大厅里一看，见演员和工作人员都已经各自坐好了。我坐哪儿好呢？正摸不着头脑的当儿，阿健喊了声：

"小武，这边，这边。"

他把我叫到了他那一桌去。

他的身边是导演降旗康男，他们那桌自然是上座。我心想，坐那儿好吗？别处也有空座，再说那边还坐了不少工作人员呢。可转念一想，既然叫我过去，那就恭敬不如从命吧。

不料开吃之后，他又令我大吃了一惊。原来他一直留心着工作人员的饭菜和菜单，还不住地跟自己的饭菜比较。虽说旅馆里的人并非有意区别对待，可或许是出于特别关怀吧，上座桌上的饭菜还是比工作人员桌上的饭菜要好一些。这下子阿健可不乐意了。在发现自己吃的东西比工作人员的好之后，他就生气了。

恰好这时，旅馆的老板娘端来了一大盘河豚刺身放在了阿健跟我的桌上，并对阿健说："请慢用！"

"工作人员的桌上呢？"

"啊，那边是没有的。因为这是河豚嘛。"

老板娘回答道。

"不能只我们这桌上有啊。拜托，给大家都上河豚刺身吧。"

老板娘听了面呈难色地将那一大盘撤了下去。一会儿过后，就给每一桌都端上了一大盘河豚刺身。我心想，什么呀？不是有河豚刺身的吗？可仔细一看，却发现里面混杂了一些不是河豚的刺身。看起来很像河豚，但颜色上是有些细微差别的。这不是丝背细鳞鲀吗？

想必是阿健要求给所有人都上河豚刺身后，老板娘绞尽脑汁才想出这一招的吧。也就是说，她想用便宜的细鳞鲀冒充河豚以蒙混过关。原本就只预备了阿健这一桌上的河豚刺身，现在只得将其分散到各个盘子里，然后用大量的细鳞鲀刺身加以掩盖。所以粗看上去，大盘子里整整齐齐排列着的，似乎都是河豚的薄片刺身了。

我边吃边鉴别着。这是河豚，这是细鳞鲀；啊，又是细鳞鲀，细鳞鲀，河豚；还是细鳞鲀，细鳞鲀，细鳞鲀；终于是河豚了；马上又是细鳞鲀，细鳞鲀……这样的话，这菜就不能叫"河豚刺身"了吧。可大伙儿都不明就里，吃得津津有味。还说：

"到底是河豚啊，真好吃！"

"阿健，谢谢你的河豚了！"

阿健一声不吭地站在雪地里。可是……

有一天，我正在旅馆的房间里休息，阿健打来了电话。

"我这儿有好咖啡，过来喝吗？"

于是我就去他房间喝咖啡了。他叫我别拘束，随便一点，于是我就歪倒在榻榻米上，边喝咖啡边看电视，还跟阿健闲聊了起来。

"阿健，你不喝酒吗？"

"是啊，我不太能喝啊。"

"哦，这样啊。"

我就这样，很放松地待着。可我朝房间后面一看，发现其他演员全都瞪着我呢。像田中邦卫还有小林稔侍等人，都端端正正地跪坐着呢。

也难怪啊。对于演员来说，高仓健可是大师级的人物，仅仅是能与他共处一室，就已经十分有面子了。被请喝咖啡自然会有些紧张，失礼的事情是决不会做的，更别说像我这样歪躺着了。

发现苗头不对后，我就坐起身来，放好了咖啡杯，说了声"我上个厕所去"就溜走了。真糟糕！大家全都板着脸看我。好可怕！

第二天，要拍雪中的外景。这场戏中有我，没有阿健，可阿健还是带着慰劳品来了。他让旅馆里的人调配了甜酒。慰劳品交给我们后，我心想他的事儿完了，该回旅馆去了吧。可他却不回去，站在那儿一直看我们演戏。后来听说，他在拍别的电影时也这样。尽管没有自己的戏，可因为"大家都这么卖力"而站在一旁观看。

那天正值三九隆冬，又下着大雪，特别寒冷。阿健就那么一声不吭地站在雪地里。拍摄现场放着个大铁桶，里面烧着木柴、报纸取暖，铁桶里的火烧得很旺，可阿健却不去烤火，只是站在很远的地方。整个拍摄期间，他就一直这么站着。

大家全都冻得不行。想必阿健也很冷吧，叫人看着就受不了。于是在"正式开拍！""好！停机！"的喊声过后，我就跑去对他说：

"阿健，你去铁桶那儿烤烤火吧。离那么远，不冷吗？"

"大家都在工作，我只是看着而已，怎么能去烤火呢？"

"你不去烤火，我们也不好去呀。这样子会冻死人的，求你了，快去烤火吧。"

他这才同意了。

"好的，我去烤火。小武，谢谢你！"

"哪里，哪里。"

他同意烤火后，大家也终于能去烤火了，可事情还没完呢。他问我道：

"我还能做什么吗？"

我无可奈何地回答道：

"请回吧。"

"哎？"

"你在这里大家都很拘束，所以还是请你回去吧。拜托了！"

就这样，因他在这儿碍事，我就把这位大明星给赶回去了。

品位源自"无欲","粹"源自"处处为他人着想"

拍了外景,整部电影的拍摄也就结束了。不料阿健又买来了许多金银挂件,嘴里边"谢谢!""谢谢!"地说着,边一个个地往我们的脖子上挂,连随从的和尚也有份。竟然为人着想到如此地步?——我不由得心生感慨。从车站的花束开始,到河豚刺身、咖啡,再到雪中慰问的甜酒,最后还给金银挂件。

高仓健的身上有种像是偶然当上演员似的品性,对于演什么角色毫无贪欲。可在电影里他绝对是个中心人物,周围的许多人都是陪衬。而他那种毫无贪欲的品性,又越发地凸显出他那出众的品位来。

要说在演艺界,尽是些想成名都想疯了的家伙。说是"野心"还是好听的,其实就是个肉欲横流的世界。为了得到某个角色而"奋不顾身"的女演员,不是比比皆是吗?尽是些宁可让制片人、导演占便宜,也要把角色抢到手的没品的家伙。可阿健是与众不同的,在他身上找不到一点没品的迹象。

就结果而言，品位高的人，其事业成就也高。事实上，有人拼命学习演技，结果还是演个"路人甲"。也有人什么也没干，却一不小心就演上主角了。这事儿确实有趣儿，可我觉得品位是否在此发挥了作用亦未可知。

总而言之，阿健在关心他人上可是实打实的，是无微不至的。但他的做派又并不令人讨厌。因此，在他的照顾之下，大家都心服口服，都觉得"那人还真是靠谱"。

正如大家所知，高仓健是因为在东映公司主演黑道电影而成名的。例如《日本侠客传》《网走番外地》《昭和残侠传》系列。在影片中，他身穿便衣，手持短刀，动不动就来一句"给我去死吧"，简直酷毙了，受到了全日本黑道分子的崇拜。

他去拍摄外景时，来看热闹的人很多，这场景很容易想象出来吧。这些来看热闹的人中，自然也不乏阿健的黑道粉丝，搞不好他们的人数比普通粉丝还多呢。简直就像黑道粉丝跟踪团似的。光是有这么多黑道粉丝来就已经很可怕了，要是他们跟普通粉丝闹起了纠纷，可就更不得了了。我想阿健在拍外景的时候，肯定也为这事儿操着心的。

也就是说，除了自己演戏，他还必须时刻关注周围的动静。或者说，或许他对周围的动静更上心些吧。虽说阿健处处为他人着想的品格可能是与生俱来的，但也难保不是在如此场面中培养出来的。粉丝跟他打招呼，他必须认真应对。而黑道粉丝是不同寻常的，更得礼貌周全才是吧。

孤独中的酷劲儿

老是克制自己关注别人，要是一般人，肯定会不堪其劳，变成不肯与人接触的冷血动物。可高仓健却能做到一直关心别人的感受，所以既"粹"又酷。正如我前面所述，阿健关心起人来是绝不会叫人讨厌的，他还不"有求于人"。在人际关系上，他总是与他人保持着一定的距离。

说到"有求于人"，我倒想起了一件事——当然这也算不上"有求于人"。有一次，他给我的事务所打来了电话。可接听电话的人搞错了，以为是松村邦洋[1]来捣乱，就给挂了。松村这家伙,尽管胖得跟猪似的,却特别喜欢模仿别人,绝活儿还挺多。哦,胖不胖的没有关系,反正他是连我都要模仿的。再说我事务所里的家伙压根儿就没想到高仓健会打电话来,所以就搞错了。

"喂——喂,我是高仓健。请问小武在吗?"

"你这浑蛋,来捣什么乱?"

"我是高仓健。"

"你不就是松村吗?就喜欢模仿别人,以为我听不出来吗?"

其实还真是阿健本人打的。居然在高仓健打来的电话里大骂他是"浑蛋",并抢先挂了。

不过阿健并没有生气,非但不生气,他还想方设法地要跟我取得联系呢。据说他曾问过石仓三郎有没有办法跟我联系。石仓三郎是从东映的小角色开始做起的,十分敬重高仓健,甚至从高仓健的名字中取了一个"仓"字放到自己的名字中,用作艺名。他跟我也是老相识了,所以他来做中间人正合适。

于是我就从石仓三郎那儿问到了阿健的联系方式,打电话问他怎么回事。他笑着说道:"我往你那儿打电话，没说几句就被挂断了。叫我别鹦鹉学舌。"

我特意打电话过去却被挂掉了，这像话吗？——按理说，他要是这么大发雷霆也是理所当然的。可他没有。这也照顾着对方的感受呢。

如果要分析一下阿健为什么比我酷，处处为他人着想肯定是原因之一。还有一个原因，那就是"孤独"了吧。换一种说法，称之为"孤高"也未尝不可。就是说，他既不与人保持过密的关系，也不将自己的内心世界强加于人。

阿健其实是个很喜欢开玩笑，很喜欢笑的人。但他仅仅在少数几个朋友面前袒露这样的真面目，一到了外面，就必须表演"高仓健"的形象了。因此他也不常抛头露面。结果就是"高仓健"的印象不断地深入人心，而他自己也就越来越孤独了。

总之，他为人热心，处处想着别人，也显得很酷，让人觉得他是个牛人。可这对于他本人来说，却也是十分严酷的——关于这一点，我后面还会说到。

我觉得，高仓健到死为止都必须演着"高仓健"。他必须承担起周围所有的没品，作为他们的替身而保持着

"粹"劲儿。

而能够做好这样的角色,也是很"粹"的。

简单的打招呼真能做好吗?

渡哲也[2]是个很酷的人——老是讲别人的事情,真是不好意思。不过我要讲的都是好事儿,还请多多包涵。

说起来那已经是很久以前的事儿了。有一天我跟打橄榄球的松尾雄治[3]一起去银座的酒吧喝酒。由于松尾是我在明治大学时的学弟,所以他总是叫我"前辈"。那天正是松尾的生日,所以他对我说:

"前辈,请我喝一杯吧。"

走进酒吧后,发现渡哲也正在靠里面一点的地方坐着呢,我就去跟他打了个招呼:"你好啊。我是北野武。"

"哎?小武,你今天怎么也来了?"

"今天是松尾雄治的生日,我得请他喝一杯啊。"

"哦,真够意思啊。"

这么互相打过招呼后,就各归各地喝了起来。一会儿过后,渡哲也要先回去了。

"小武，我先走了。"

"请便！"

跟他点过头后，我们继续把酒言欢。

不料喝了一会儿，店里突然给我们一桌送来了花束。一看那上面的卡片，写着"松尾雄治先生：生日快乐！渡哲也"，令我们大吃一惊。

而更令我们吃惊的是在付账的时候。

我们俩打算回去的时候，我跟店里的人说要买单了，可那人说账已经付过了。

"是渡先生付的。说是因为客人生日嘛。"

啊，真是服了他了——我心想。本该是我请松尾喝酒的，结果却让渡哲也给请了。

我可不是因为他请我们喝了酒才觉得他"牛"的，是他那种为别人庆祝生日的方式不得不令人佩服。还有，打招呼也打得滴水不漏。

在演艺界混得时间长了，就会有许多彼此认识但从未打过招呼的人。我就是平时不怎么喜欢跟人打招呼的那种人，可见了渡哲也就觉得还是应该跟他打个招呼，因为他总是主动跟人打招呼。后来我也变得不偷懒了，只要跟人对上了眼神，就说一声："你好！我是北野武。"

百濑博教[4]老师健在时，在电视节目里提及过我的《浅草小子》，我也在其他场合跟他打过招呼。当时，百濑似乎也只是"哦、哦"地回应了一下。后来听我的徒弟们说，他还当着他们的面夸我呢。

"你们的师父了不起哦。眼神一对上，他就跑过来跟我打招呼了。"

老实说，听他这么说我，我还是挺高兴的。

没人会因为别人跟你打招呼而不高兴的，所以我觉得打招呼这件事儿还得认真对待，决不可偷工减料。

不把关心强加于人

高仓健和渡哲也之所以让人觉得既"粹"且酷，我觉得就在于他们对于别人既关心得十分到位，又做得不落俗套。或者说，他们都不把自己的关心强加于人。倘若渡哲也在银座的酒吧里把花束直接交给松尾，或当着我们的面替我们付账，尽管也心意难得，可总叫人觉得有些别扭吧。应该说，不让人当场表示感谢，才是真正的"粹"。

由此而联想到的,是我的师父深见老爹——深见千三郎。这事儿其实我也说过好多遍了,那就是,我师父是个决不让对方当面感谢他的人。

我师父的生涯跟黑道分子差不多,换过不少女人,到了晚年沉湎于酒精以至于酒精中毒,最后死于火灾。唉,就是从前艺人中常见的糟糕人生吧。不过,他也拥有自己的人生哲学,比如"艺人必须如何如何",或者也可以说是他的"艺人观"吧。我当时大学退学后走投无路,去了浅草后十分偶然地成了漫才师,当然现在也仍是个艺人。而我直到今天还在做这行,或许就是因为与师父比较情投意合吧。

师父给了我许多训诫,譬如说:

"艺人即便饿肚子,也要穿得体面一点。因为肚子饿别人是看不见的,穿得好不好,别人一眼就瞧见了。

"艺人到外面吃饭,就得吃好的。要是没那个钱,就别出去吃。

"艺人没'艺'是不行的。乐器也好,踢踏舞也罢,都要达到能上台表演的水平。

"艺人要做到下了舞台别人照样觉得你酷。"

诸如此类，句句都与"粹"相通。

跟师父去浅草的寿司店吃饭时，到了要结账的时候，他总是把钱包交给我，并小声叮嘱道：

"小费，一人1万。"

说完，他自己就先走了。

"这个，是我师父给的。"

等我给捏寿司的师傅以及小伙计发小费时，店里已看不到师父的身影了。因此，拿到小费的一方想要说声"谢谢"也没法说了。

师父就是不想亲自给人小费，不想跟人说什么"别客气，拿着吧"之类的话。正是因为他会自己跑开，所以才"粹"；正是因为不强加于人，所以才"粹"。用他的话来说，就是：

"要人感谢自己，这像话吗？"

没带够付小费的钱，那就不去吃——这样的事也时有发生。

"吃寿司的钱是有的，可不够付小费了。今天就不去了。"

他这么说的时候，也挺酷的。

师父对于穿着是十分讲究的。虽说他只是个喜剧演员，却一直打扮得像个美国的黑帮大佬。他非常喜欢美国的电影明星詹姆斯·卡格尼，常穿跟他一模一样的双排扣西服。詹姆斯·卡格尼是在20世纪30年代主演《地狱之门》《国民公敌》等黑帮电影而走红的好莱坞明星。在当时，他的装扮也有一种"粹"范儿。

仔细看一下师父的西服，就会发现绢一般的里子上还印着浮世绘呢。西服的里子只有在西服脱下来的时候才看得见，所以一般都认为在那上面穷讲究顶个屁用。其实不然，在平时看不见的地方花钱，也是一种"粹"范儿。据说江户时代的大财主都十分讲究衣服是什么里子。到饭店去吃饭时，不是要将上衣脱下来交给女侍吗？女侍把衣服挂到衣架上时，发现了高档里子会不由自主地惊叹，我师父最喜欢女侍那一刻的反应了。

"粹"的资助人既花"钱"又花"心思"

在浅草做了穷艺人，就能十分清楚地在花钱的方式上看出某人有没有"粹"范儿了。当然，这说的是资助人的事儿——因为艺人一直在寻找肯请自己吃饭的人。

不知道为什么，这资助人的叫法也是五花八门的。相扑力士的资助人叫"谷町"、艺术家的资助人叫"赞助者"、银座女招待的资助人叫"爸爸"。女招待的事儿就随她去吧，女高中生搞援助交际时，又是怎么说的呢？

而在艺人的世界里，资助人叫"阿爷"。尤其是说落语的，都这么叫。他们常说："这个阿爷，有'粹'范儿。那个阿爷，就不行了。"

落语家只是要钱，却也十分在意对方给钱的手法是否高明。一般来说，阿爷请吃饭之后，回去时都会给打车钱或小费的。而在那时，就看得出阿爷到底有没有"粹"范儿了。

最有"粹"范儿的阿爷是，尽管自己也没钱，却决不失体面。

这是怎么回事儿呢？譬如说落语家缠着说：

"老板，带我去哪儿喝一杯吧。"

对方就说：

"没钱啊，不能带你去喝酒了。给，你自己打车回去吧。"

说完就直接给现金。

其实落语家所说的"带我去哪儿喝一杯吧"就是"给我点钱"的意思。就是说,要是真的请吃、请喝自然也挺好,可真正的目的还是要现金。阿爷们自然也心领神会,所以即便没钱请客,也会给点钱的。

"不好意思了,今天不太方便啊。你就自己打车回去吧,抱歉!"

没钱请客,一起去吃喝过后也没钱给小费,所以就以"打车钱"的名义,给点小费。于是落语家就会说"那个阿爷,够'粹'范儿"。

虽不是财主,但花钱花得漂亮。就是说,决不失体面。而善于花钱的人,也就是善于花"心思"之人。

而有些不靠谱的阿爷呢,跟人一起喝到天都快亮了,还让人打车送自己回家,结果到了家门口就只跟人家说声"拜拜"。打车把他给送回去倒也没什么,可他却不给钱。结果人家只好等到头班电车来了才回去——也有如此倒霉的落语家的。

这种一点都不懂规矩的资助人,还真不少呢。也不知道他们搭错了哪根神经,就喜欢跟年轻的漫才师吃吃喝喝。请人吃喝当然也是好事,可艺人没有回家的打车钱呀。因为时间太晚了,电车没了嘛。基本上跟资助人一起去六本木[5]之类的地方吃喝,通常都会通宵的。到了电车都没有了才散场,叫人家怎么办呢?真想对这些家伙说一声:

"不给打车钱,就别请人吃饭了好不好?"

可问题是资助人不这么想。他们似乎觉得都请吃、请喝了,不就行了吗?

也有落魄后来借钱的有钱人

想要打车钱也好,小费也罢,这并不是说艺人的眼里只认得钱,问题是穷艺人确实没钱,这可是无法回避的实际问题。有"粹"范儿的资助人,自然会心领神会地加以应对。

有些人在"泡沫经济"时大把大把地赚钱,请艺人吃饭也好,给小费也好,出手都十分大方。可在"泡沫经济"破灭后,却跑来向艺人借钱了。这种人是最没品的。

"当时我请你吃饭来着,现在就得你借钱给我了。"

来跟艺人这么说的家伙,真是最没出息的了。

不借给他,他还会说人家"忘恩负义",会说"我当时可是关照过你的"。要是换了我,就会对他说"或许你关照过我,好吧,现在我也出同样的钱,请你也做我那会儿做过的事儿,好不好?"一口一个"老板"地叫着,把我当大爷似的捧着,再说上几段漫才,你行吗?

我有个大学同学在"泡沫经济"那会儿着实赚了不少。有一次他打电话约我见面,一谈才得知他是搞广告宣传的,因为经济景气,他的生意也做得风生水起。后来也见过几次面。

可在"泡沫经济"终结之后,他就一个电话也不打来了。我心想:哦,兴许那小子也不顺当了吧。

有一次,我跟他在浅草擦肩而过。

"最近怎么样啊?"

"干活儿呢。"

只撂下这一句,逃也似的扭头就跑。看着就不是很如意的样子。

过了三四年，又跟他在浅草擦肩而过。这回可就不同了。

"喂，北野。"他高声说道，"怎么样？上哪儿喝一杯去？"

边喝边聊时，他说：

"总算缓过劲儿来了。"

我心想，这小子实话实说，倒还不错。

"上次你干吗逃走？"

"唉，北野，我那会儿身无分文，不逃还能怎么办？"

他能这么说，我觉得倒也很了不起。接着他又说：

"总不能跟你 AA 制吧。"

这小子，骨子里还是挺酷的。

江户的"粹"与上方[6]的"不靠谱"

与"粹"意思相近的词语有"高雅""漂亮"等，而与此相反的则有"粗俗""土气"等。

根据那本我没读完一页就举手投降了的《"粹"的构

造》，"粹"这个词反映着江户文化中的审美意识。而在上方，同样一个"粹"，是读作"すい"的。因此，"粹"是江户所特有的。该书作者为了与上方的"粹（すい）"有所区别，特地用平假名"いき"来加以说明。可你要是问，那么江户的"粹（いき）"与上方的"粹（すい）"有什么不一样？老实说，我是一窍不通的。我甚至觉得，仅仅是读法不同吧。

在日本的历史上，关西的地位一直是比较高的，即便在江户成了政治、经济的中心之后，文化上的这种高下关系也没有改变，所以才叫"上方"。

不管是食物还是其他东西，从前都是关西的质量好，价格也贵些。往往是关西制作的东西沿着东海道"下来"，运往关东或东北。而质量不好的东西就不"下来"了。所以，后来就把不值钱、无用的东西说成"下らない"了。尽管对于我们艺人来说，"下らない"还是赞誉之词呢。

不管怎么说，比较而言，我觉得"粹（いき）"还是跟江户蛮般配的。"有'粹'范儿的江户人"已经成了口头禅了，"有'粹'范儿的关西人"却是不怎么听说的。

说声"有'粹'范儿的浅草艺人"能叫人神采飞扬，而"有'粹'范儿的吉本[7]艺人"就叫人觉得有些阴阳怪气了。就连搞笑的内容，这两个地方的差别也挺大。在关西，夫妻档的漫才表演十分受欢迎，女的把男的一脚踹飞了也是司空见惯的事情。可这种事儿要放在东京，可就被看作没品了。

利休 VS 秀吉

顺便提一下，我觉得上方的"粹（すい）"，主要体现在京都与大阪的对照上。如果代表京都的是千利休[8]的话，那代表大阪的应该就是丰臣秀吉[9]了。说得更通俗一点，就是利休的闲寂茶[10]相对于秀吉的"黄金茶室"。

当然黄金茶室也是秀吉让利休制作的，并且是组装式的，曾运往日本各地。所以或许有人会觉得，说利休和秀吉分别代表京都和大阪有些不妥吧。不过，我们在此还是将这"不妥"的部分先放一边，继续讨论一下作为茶道千家流之鼻祖的千利休与作为大阪城主的丰臣秀吉吧。

有一次我刚好有机会去了趟京都里千家的宗家[1]，即叫作"今日庵"的茶室。现在是"重要文化财产"，珍贵得不得了。进了大门就是玄关，然后被带到第一间房间，穿过庭院，经过中门与石制洗手盆，只见沿途的石板路上洒了水，打扫得干干净净。院中的踏步石上摆放着枯叶。我问掌门人千宗室：

"这枯叶是放上去的吗？"

"啊？"

"这叶子不是自己掉在那儿，而是有意放在那儿的吧。看这位置，都这么恰到好处。"

"哦，被你看出来了，是放上去的。"

为了接待造访茶室的来客，他们不仅洒扫庭除，还特意放置了枯叶。在来客看来，那枯叶却像自然掉落的树叶。这样的布置，要花多少时间，多大的心思啊。

比较一下这些细节就不难看出，同样是布置，秀吉的黄金茶室却是与自然正好相反的。他给人的印象只是"怎么样？这可是黄金的哦"，一眼就看到底了。确实，他花了大钱，造就了出人意料的效果。可今日庵的闲寂，则是另一种意义上的出人意料。二者相比，我觉得利休的做法更加用心，能让人感觉到类似于"灵感"一样的东西。

《忠臣藏》中的赤穗浪士，曾用一个篮子花器替代吉良上野介的首级。杀入吉良家后，浪士用布包上一个花篮，挂在长枪顶端，直奔泉岳寺，让人以为那就是吉良的首级。

据说那个花篮原本就是千利休的旧物，后来不知怎的到了吉良家。作为利休的遗物，被称为"桂笼"，是非常值钱的。但要究其本源，只是渔民用来放鱼的篓子。京都的桂川那儿有不少钓香鱼的渔民，他们腰间挂着的就是这样的鱼篓子。据说被利休看到后，就要来用作插花的花篮了。就是说，原本不值一提的捕鱼用具，一经利休之手，就成了无价之宝了。

利休的做派自然是极具"粹"范儿的，可运用不当的话，就容易被人看作是穷光蛋的苦中作乐。也即你想要摆一摆"粹"范儿，一不小心就显出没品来了。到底是"粹"还是没品，其运用之妙，全存乎一心，所以也极其危险。同时也让人觉得，所谓"粹"就存在于如此之极致境地中。

"面目可憎"之人的代表

如今有"粹"范儿的大人已是凤毛麟角了。不，或者说有"粹"范儿的大人还是有的。只不过"面目可憎"的大人比比皆是。这到底是怎么回事儿呢？

"面目可憎"的大人的代表就是学校里的老师。老师偷窥学生、老师给学生发情书邮件……尽是这些事儿。要说偷窥可是犯罪啊。最近又传出了男老师骚扰男学生的丑闻。并且师生间的对话被录了音，还在电视上播放了。

一直以来都有"体育老师是色鬼"的说法，初中也好，高中也罢，男体育老师没一个好人——似乎大家隐隐约约都有这样的刻板印象。人们会笑着说，那个老师专摸女学生，不过不会像今天这样闹得沸沸扬扬。

至于"色鬼"老师的数量以及犯罪率的今昔对比到底如何，这类具体数据我也不清楚，可我觉得以前是不像现在这样全都公之于众的。从生物学的角度来说，干坏事儿的家伙的数量并不因时代不同而变化，或许仅仅是因为媒体发达了，才显得"面目可憎"之人变多了吧。不然，还能有什么缘由呢？

一些银行行长或副长官之类有头有脸的人，被拍到跟身份不明的女人在一起的照片。于是他们就说：

"在讨论业务呢。

"在探讨政治呢。"

一个劲儿地为自己开脱。他们越是拼命为自己开脱，也就越显得"面目可憎"。可话又说回来，拍下他们"面目可憎"照片的是媒体吧，将他们自欺欺人的开脱传遍全日本的也是媒体吧。从前的行长和政治家也没少养情人，只不过那时的媒体没有如今发达罢了。

事实上，周刊杂志也好，电视综合节目也好，这类媒体都具备将有头有脸的人物拖翻在地的本事。于是他们就拼命地爆料，所以大家也就发现了，行长什么的，其实就是个老色鬼。

这么做的话，无论哪一方，都不免有些"面目可憎"了。

"物我两忘"让人害羞

话是这么说，其实我自己就相当"面目可憎"。到了如今这个年纪，回想起过去自己干过的那些"面目可憎"的事情来，真是无地自容。连自己都讨厌起自己来了。换个说法就是，从如今年轻人身上看到自己当年的影子后，再回想起自己年轻时的情形，就不由得脸红。

年轻人是不隐瞒自己的欲望的，无论是性欲还是物欲。看到如今的年轻人在大街上溜达着搭讪女人的样子，我就会想"啊，我当年也是这样的，真难为情啊"。还有，看到有些年轻艺人为了出名，在电视上不择手段地瞎搞，我就会觉得"这不就是我吗"，不由得为自己的糗事全都暴露出来而抬不起头来。

不过对我来说，更觉得难为情的，是那种全身心投入其中的"忘我"姿态。

这或许主要是因为我从小生活在下町地区吧！下町的人都非常怕羞，自古就有"干吗要出人头地？笨蛋！""啊——，那小子居然有钱了，好可怜啊"之类的说法。这不仅仅是出于对成功人士的嫉妒，也因为人在成功的同时，其没品的部分也被人看穿了，于是就出现了这种害羞与咒骂纠缠不清的说法。

他们害羞些什么呢？其实是为自己的欲望暴露而害羞。孩子在想要什么东西的时候决不说"我要……"，觉得一说出口，就丢脸了。在吃什么东西的时候，也并非只顾自己吃，而会左顾右盼，留神四周的动静。我觉得生活在下町的人，都有一种做事不愿过分投入的客观性。

只有没品的人才会在喝酒的时候眼里只有酒，赌博的时候一下子就动真格，他们就跟被套上了马眼罩[12]的马一样，只看着前方的某一点并乐在其中。就其本人而言，估计是能沉醉其中的。可旁人就会觉得"真是没治了，那小子。还乐成那样，笨蛋"，旁人心里想的是"你得多个心眼儿啊"。

所谓"得多个心眼儿"，其实是说多少要考虑一下别人是怎么看你的，也即对自己要具有一点客观性。

在非洲，据说有跳舞跳到产生幻觉的人群，而日本从前也有类似的事，老头儿老太太成群结队，忘乎所以地手舞足蹈。与之相同的，就是如今年轻人在摇滚音乐会上的表现了，他们简直跟被集体催眠了的新兴宗教的信徒没什么两样，我一看到就头痛。

虽说我喝醉了也会在KTV里"哇啦哇啦"地乱唱一气，可是，这种时候往往有另一个我在一旁看着自己。

反过来说，我也会羡慕那些能做到"物我两忘"的家伙。有时会觉得"真兴奋呀，这些家伙"。我羡慕那种能大口大口喝酒，能忘乎所以地做爱的家伙。我在喝酒的时候总觉得有谁在看着我，在做爱的时候也不肯沉湎其中——也并没在装满了镜子的房间里。就是说，我还是有那么一点客观性的。

对你影响最大的人是谁？

我所说的客观地看待自己也有与他人保持距离的意思，所以一旦用力过猛，就成了目中无人了。

说到这个，我就想起了一个经常被人问到的问题。那就是："你受谁的影响最大？"

直接回答的话，我会说："受我自己的影响最大。"

其实，作为电影导演，我会受到斯坦利·库布里克[13]、黑泽明[14]等被称作巨匠的人的影响。可那意思又有所不同，所谓受到巨匠们的影响是指"我可做不到像他们那样"。有些人为了艺术无论付出多大的代价，也要坚持到底。譬如说：把演员折腾到筋疲力尽的程度；由于天气，等多少天也无所谓；诸如此类。看到这种情况，我就觉得我是做不来的。因为我清楚自己有几斤几两，也远没有钟爱艺术到那种程度。

事实上，能拍出留名影史的经典影片的导演，都做过非同寻常的事情。我做不到这一点，所以没留下非同寻常的作品。或者反过来说，因为作品不行，所以做不了非同寻常的事情。总之，那种"艺术至上"的情怀，我是一点也没有的。

看看黑泽明的介绍就知道，他确实是非同寻常的。由于他的严格要求，在《袅袅夕阳情》[15]中扮演退休老师的松村达雄，真的连头发都愁白了。所以在拍摄老师最后以一头白发出场的镜头时，居然不用染发了。

据说在拍摄过程中，松村一发挥他的演技，黑泽明就大喊"你怎么搞的？不行不行"一律予以否定。"不行不行！再来一遍"——他老说这话，摄影机压根儿就转不起来。每天都是这样，弄得松村愤愤不平，甚至对他说："你找人把我换下来，好不好？"可他却说："你说什么呢？别忘了你可是专业演员啊。"

一点也不理这茬儿，直把个松村搞得筋疲力尽。最后他也豁出去了，心想，"我就这么演了，你爱怎么着就怎么着吧"。结果却通过了。

"不错不错！这回你可算是找对状态了。"

黑泽明终于做出了"OK"的手势。

艺术是不管什么人权的。就是说，演员的人权是被视而不见的。这当然是非常现实的事情。不过我可做不来，我无法对电影痴迷到无视人权的程度。倒不是说因为无视人权，所以黑泽明他们是巨匠，而是因为黑泽明他们对于拍摄电影的热情要高出我好多倍，于是就结果而言，出现了无视人权的现象。

莫非我再上点年纪，也会无视人权？到了老态龙钟，不必对自己所说的话太负责的时候，也会说"不行不行！再来一遍"或"哦，停两天再拍吧"。让人觉得"导演老年痴呆了吧"。等到让人觉得我痴呆了，或许就能率性而为了。不过现在还不行，因为还没痴呆呢。

我的头号粉丝就是我自己

无论是做搞笑艺人还是拍电影，都有另一个自己客观地看着自己所做的事儿。就是说，名为"彼得武"[16]和名为"北野武"的木偶各有一个，却另有一个"我"在上面牵线操纵着——大概就是这么个意思吧。到底哪个才是真正的我，老实说，连我自己也不太清楚。

我的头号粉丝就是我自己，我的最严厉的批评家也是我——这样的感觉是十分强烈的。所以时不时地，我会对自己说："你看你，又干傻事了吧。笨蛋！"弄得自己也很伤脑筋。所以就我而言，对我影响最大的就是自己。我对自己是非常客观的。

这样到底是好是坏姑且不论，正如前面我也说过的那样，我觉得客观性对于有没有"粹"范儿起着很大的作用。既有作为搞笑艺人的"彼得武"，又有作为电影导演的"北野武"，还有客观地看着他们俩的"我"，所以我才能积极主动地经营好这两个带"武"的商品。

说件很久以前的事儿。据说我在富士电视台的《27

小时电视》的节目里"胡搞"了一通之后,一些年轻的艺人就翻天了。他们在全国各地的电视直播中"大显身手"。他们脸上涂抹得五颜六色的,还给自己取了各种各样的古怪名字:在冲绳就叫"抓蝮蛇高手·蛇田扭扭",在北海道就叫"挤奶高手·牛田哞哞",在东京就叫"焰火高手·火药田咚咚",将滑稽搞笑推向了极致。[17]

节目反响很大,有人甚至说"没想到被彼得武搞成这样,真是败给他了"。不过我自己倒觉得,要是我作为电影导演去做节目的话知名度会更高一些。因为搞笑源自反差嘛。要是总理大臣来做"蛇田扭扭",观众一定笑得更起劲了。虽说我成不了总理大臣,可要是成了与总理大臣同等级别的导演,我的搞笑也肯定会更受欢迎的。

导演中也有人说"我是电影导演,这种胡闹是搞不来的"。还有人说"北野武是在海外得过奖的导演,做节目应该更高雅才是啊"。我觉得说这种话的人是最没品的。

我的出身就是漫才师,而非电影导演。是做了搞笑艺人才有"北野武"的。所以,作为一个艺人,我必须让观众笑。要干就干彻底些——另一个我命令我:干彻底些!

在戛纳走红地毯时,我头戴在浅草买的武士丁髻,就是出于这种目的。从本质上来说,只要观众高兴就行了。反正又没干坏事,是不是?我在想,要是请我参加奥斯卡颁奖晚会,我要不要露出屁股来?这是作为搞笑艺人最基本的用心。

漂漂亮亮地老去?你想得美!

前面说有"粹"范儿的大人变少了,尽是些"面目可憎"的家伙。我现在要讲的是,尽管如此,可大家却都想让自己变得好看一些。是觉得自己不够好看才想变得好看呢?还是并无自知,只想变得好看呢?这就不得而知了。不过,这种人基本上都是只看重外表的家伙。

最近有个引人注目的现象,应该是叫"抗老化"吧?为了"漂漂亮亮地老去",大家全都铆足了劲儿呢。拉平脸上的皱纹、注射玻尿酸……据说都在这种美容整形的项目上大把大把地花钱。

可是,光是拉平皱纹有什么用呢?即便消除了脸上的皱纹，可其他部位依旧有皱纹的话，还不是白忙活儿吗？一个人的整体形象是从吃饭时的吃相、谈吐举止、待人接物、穿着打扮等多方面综合而成的。光整一张脸，不就跟穷人买个LV的包包一样无济于事吗？

就像被人说"一身穷相，挎个LV包包有什么用"一样，会被人说"整个人都没品，只弄个光滑的脸蛋有什么用"。有品位有"粹"范儿的老太太，不整形也依旧是优雅的，这需要从年轻时就具备高雅的品位并长期保持，是一种岁月的积淀。有没有这种积淀，人的气质是截然不同的。光靠三十分钟的微整形，是整不出这种气质来的。

老年人是活在青年的延长线上的，等你上了年纪才开始着急想做个"有'粹'范儿的老者"，怎么来得及呢？接近退休年龄了，才想起要干些什么，是无济于事的。这就跟存钱似的，不从年轻的时候就开始存，金额不会可观的。上了年纪才发现自己没有爱好，那就说明你年轻时就没有爱好。你看看那些年轻时老打高尔夫的家伙，上了年纪也照打不误。

即使是兴趣爱好，不下功夫也是搞不好的。别的先不说，你不花心思，就得不到乐趣。就拿钓鱼来说吧，现在才开始钓，跟三十年前就开始钓，怎么看都差着一大截呢。刚开始钓鱼的家伙，津津乐道的是钓到了什么鱼，用什么渔具，用什么鱼饵，却没工夫去享受钓鱼的过程。不过，钓龄一长，钓鱼水平自然就会提高，钓鱼人的范儿也就自然形成了。这不就是"粹"范儿吗？

"如今是少子高龄化时代，老年人大量增多，该怎么办呢？"——好像长寿时代突然到来了似的。似乎从前一上了年纪就干净利落地死掉了，没什么可讲究的，如今一下子死不了了，才开始嚷嚷起"老年人要有个兴趣爱好啊""找个自己喜欢的事儿来做吧""永远年轻美丽"，可你现在嚷嚷也晚了呀！这不是临时抱佛脚吗？

突然变成一个与众不同的老爷子，恐怕是不会发生的吧。可要说"有个爱好就行，管它是什么呢"，恐怕也没那么简单吧。突然要你说法国话，你行吗？哪有这么容易上手的兴趣爱好呢？或许你会去买一套法语培训教材，可也就仅此而已吧。其实，学习是至死方休的事情，既然闲得发慌，那就从早到晚地用功呗。譬如说，学了一年之后，为了检验学习效果，到法国去转一圈，不也很有意思吗？

其实我直到现在，也还拼着命想读懂英文报纸，想看懂美国有线电视新闻网的节目呢。英文报纸的标题中，不是有一些独特的新闻用语吗？跟教科书上讲的不一样。我看到后就觉得很有趣，"哦，原来这个单词还能这么用啊"。至于通过英文报纸看日本的新闻，由于内容事先已经知道了，理解起来也很快。

所谓老丑老丑，也不是老了才变丑的

年轻时准备不够——各种意义上的，上了年纪就坐立不安，不知所措了。发现自己老了，这才怅然若失。日语中的"老丑"一词，恐怕就是这个意思吧。有品位的老人，都有一种从容不迫的闲情。

那么，人是从什么时候开始变得老丑的呢？应该是从中年开始的吧。因为中年过后，就成了老头儿老太太了，所以中年时的所作所为，就决定了老去后的样子。我们不是总能在大街小巷看到不堪入目的中年人吗？乌泱泱的，都是些厚颜无耻的大叔大妈，毫无品位的家伙。

就他们这些人，是绝不会成为像样的老头儿老太太的。因为他们既不在意别人，也不在意自己。

我也觉得自己"真的老了"，毕竟连孙子都有了。不过我觉得自己还是比较靠谱的，因为我并不觉得老了有什么不好。虽说腿脚不便，手酸脚痛，练一下高尔夫就腰痛，记性也变得很差，可我自有接受这一切的方法。我把自己比作发酵食品："爷爷我味道醇厚着呢""六十年的陈年老头儿哦"。拿葡萄酒来打比方的话，新"老头儿"的味道还不行，要让他躺二十年才行。有人就说了，"那不成了卧床不起了吗？快叫他起来吧"。

好葡萄园里的葡萄才能酿出好酒，好环境里的人老了，才能成为有品位的老头儿。能成为罗曼尼·康帝，还是一般的佐餐酒，完全取决于葡萄园。而成为什么样的老头儿，则取决于他老去的环境了。说句老生常谈的话，那就是：看你怎么花时间来打磨自己了。

其实，把老头儿老太太看作大便就行，一上了年纪就变脏了。只要是生物全都这德行。可是，越脏的东西就越要收拾得干净。既然都会变脏，放任自己像个老式粪坑似的老头儿很糟糕，得当个像马桶一样的干净老头儿才行。尤其是在日本，有脏东西任其肮脏的倾向，老头儿老太太也会被当作脏东西来对待。

我上厕所时，如果发现很脏，是要动手清扫的。我在这方面十分在意，清扫厕所已经成了我的一大怪癖了。尤其是在酒馆里，有时候一进厕所就会看前面不知什么人吐了一地，是不是？我遇上这种情况，一般都会清扫干净的。因为，我可不想让后面进来的人觉得"啊，那个北野武把这儿搞得这么脏"！再说，把脏东西清扫干净，自己也觉得挺愉快的。

"正确老去"的条件

去浅草的饭馆吃饭时，偶尔会看到祖孙三代一起吃饭的情形。老奶奶和儿子儿媳，还有小孙子，团团围坐在饭桌旁。老奶奶梳着梅干一般的发髻，显得相当有"粹"范儿，在给孙儿夹菜。再看看儿媳妇，正从饭桶里盛饭给老奶奶。一家人和和美美的，看起来十分温馨。

简单来说，年轻的父母在自己的孩子面前对待自己的母亲十分恭敬。而老奶奶气度不凡，受到尊敬也是有原因的。旁人会觉得"啊，这老太太果然不一般啊"，一看就明白了其中的缘由。这说明她的老去，是十分得法的，就像年份很久的葡萄酒一样。

反过来说，之所以把一些老头儿老太太不当回事儿，是因为他们本身不具备被当回事儿的某些要素。即便是一个来历不明的老头儿，一旦被介绍为某某大企业的会长，大家也都会肃然起敬的吧。

"那位老者是某某会社的名誉会长。九十岁了，身体还这么硬朗。"

大家一听，会精神为之一振，是不是？还会觉得有几分害怕。相反，要是有人说"那个呀，不就是个糟老头子吗"，还有谁会精神为之一振呢？

这里面当然有头衔所起的作用。但说到底，还是他获得如此头衔的个人经历震到了周围的人。所以说尽管上了年纪，别人怎么看待你，还是至关重要的。不，或者应该说，为了年老后还能维持自己的形象，就必须考虑该如何向年轻人展示自己。

人是自私的动物，无论什么事情都是按照自己的标准来判断的。人们常说"男人的脸就是一张简历"，可说到底，还在于别人怎么看。丑八怪也好，奶油小生也好，脸长得好看不好看，也全在于别人的判断。如果将两个老头儿的标准像并排放在一起，跟看的人说："这位是会长，这位就是个普通老头儿。"

估计看的人会说："啊，不愧是会长，果然是相貌堂堂啊。这普通老头儿，长得就不咋的。"

可事实上照片放反了。这时如果你纠正道："不好意思，照片搞错了，会长是那一位。"

那人听了可就下不来台了。或许还会辩解道："哦，是吗？其实，我刚才倒也这么想来着。"

所以，说男人的脸是"简历"，还是因为那人有与头衔相符的实际成就，并且只有了解其经历的人，才会将他的脸判断为"简历"。

夸耀"曾经也坏过"，正常吗？

说到老去的方法，我又想起之前流行过的一种说法——"不良大叔"，也就是一些中年男人喜欢夸耀不光彩的过去，从前的"不良少年"如今当上了校长或律师了。这些无聊的大叔,动不动就声称"当年我也是个坏孩子"。可据说这么说的家伙,往往以前并非"坏孩子",反倒是个"受气包"。

这事儿从数学的角度来看也是很有意思的。譬如,在一根数轴上,正中间为"0",右边为"+",左边为"-"。"坏人"自然是处于"-"的一边的,处于"0"位上的是普通人,处于"+"的一边的是"好人"。

处于"0"位上的人要是做了5件好事,就成了"+5"了,可原本为"-5"的"坏家伙"要是干了些好事,跑到"+5"位置上去后,由于绝对值为"10",看起来就很了不起了。于是,曾是"不良少年"的律师、曾经在社会上"混"过的校长就不以为耻,反以为荣,又上电视,又出书的,夸夸其谈起来了。

即便处于"0"位的普通人与处于"-5"的"坏家伙"都跑到了"+5"的位置,但由于"坏家伙"努力了"10"分,所以更了不起——简直是胡说八道。那些家伙又有什么可了不起的呢?肯定是没做过"不良少年",认真学习,认真工作,最后当上了律师的人了不起。

干吗要称赞那些通过了司法考试的"前混混儿"

呢？不就是给他们加上那"-5"分的缘故吗？正因为有如此之歪风，才会连一些原本毫不起眼的中年上班族，也胡吹什么"想当年老子也是'混'过的！"

但仔细考虑一下就会发现，一些以前真的"混"过，如今安分守己地干活儿的家伙，才是最无可奈何的家伙，他们从"-5"跑到了"0"。我真想对他们说："你们干点好事儿，跑到'+'的一边去呀。"

"以前我是个混混儿，自己觉得不能再混下去了，所以现在老老实实地干活儿呢"——这有什么可自豪的？你多少也干点好事儿嘛。

为什么"男人不坏，女人不爱"？

从很久以前，就有所谓"男人不坏，女人不爱"的说法，所以有些笨蛋男人故意装"坏"，倒也不是不能理解。

只要说一句"我不是个好男人"，就会给人"这男人肯定骗了不少女人感情"的印象，仿佛是个不断交上好女人再将人家抛弃的情场浪子似的。这样的话，有些女人就会想,这人是情场高手,那么他会怎么看待我呢?不知不觉就会陷进去。

这就好比经常出入寿司店、小酒馆的家伙是最被店家所看重的顾客一样,因为他们吃过很多店,且有了"嘴很刁"的名声之后,有些老板就会想:他会上我这儿来吗?想让他来尝一下自己的手艺,如果真的来了,并且评价说"好",就更是喜不自胜了,因为得到了眼界高的人的认可了嘛。

出乎意料的是,好女人容易上坏男人的钩,道理居然也与之相同,即想得到情场高手的认可。事实上,受女人青睐的坏男人,也确实不乏其人。

但也不能因此就说男人一定要坏才会受女人欢迎。男女之间的关系从本质上来说是相互吸引的问题。所谓受异性欢迎,其实就是能轻而易举地让对方动心,无论男女都一样。所以问题又回到了是否肯花心思,又回到了品位与"粹"范儿上来了。

所谓有女人缘,也就是有魅力吧。一个男人要是张嘴闭嘴"跟我睡觉吧,跟我睡觉吧",只表明他是个色鬼,毫无魅力可言。因为他只是毫无保留地暴露了自己的性欲，却一点也没动心思。真正有女人缘的家伙都是会用心思的。这种情形体现在男女关系上，就是有女人缘；体现在男人与男人之间的关系上，就是"那家伙不赖"。而这种有女人缘通过行为举止透露出来，就成了"粹"范儿。

作家伊集院静[18]非常有女人缘，其中的缘由我也很清楚。伊集院静在上立教大学时是棒球社团的，我也非常喜欢棒球，所以跟他一起打过业余棒球赛。他是投手，我是游击手。

不愧是受过正规训练的人，他的投球速度很快。但有一次却被对方一个名不见经传的击球手"砰"的一下打出了本垒打。败在了无名之辈的手下，常人都会懊恼不已吧，可伊集院静却笑嘻嘻的。我还跑到投手板那儿跟他说"别在意"，可事实上他真的一点都没在意。

"小武，这下子那小子准能高兴一整天了吧。这一下本垒打，肯定让他今晚的酒喝得更痛快了。不错不错！"

我一听就觉得"这家伙有人缘啊"，他身上散发着一种感人的气场。被这种气场一靠近，女人还不立刻被迷倒吗？——"好你个撩妹高手"！

"情人公寓"里的大事件

我可不是伊集院静。我常说,跟模特儿似的漂亮女人尽管看着赏心悦目,却不想跟她进一步发展。我早就觉得,"能带着一起上街的女人"跟"能一起上床"的女人是不一样的。而一起上床的女人,往往是朴素安静的乡下姑娘。关于这一点,已被明石家秋刀鱼[19]嘲笑过了。

我曾经跟一个售货亭里的姑娘好过,结果也被"秋刀鱼"捅了出去。说我是个"待在廉租公寓里痴等着售货亭卖剩下的糖炒栗子的男人"。意思是说,那姑娘会把店里卖剩下的糖炒栗子带回来给我吃,简直是胡说八道,还说什么"温泉鸡蛋跟糖炒栗子好上了"。

廉租公寓倒是没错,楼下有一对老夫妇经营的脏兮兮的木屐店。穿过木屐店,上了二楼,大概有三个房间吧。公共洗手间里连个洗澡的地方都没有,售货亭姑娘就住在那儿。由于那是发生在"《星期五》事件"[20]之后的事情,我已经全国闻名了。所以每次去姑娘家,与那木屐店里的老爷子眼神一对上,我就很尴尬,说一声

"我回来了",便往二楼跑去。

没有浴室,那就只好去澡堂子了。我跟姑娘一去附近的澡堂子,别的客人全都大眼瞪小眼地盯着我看,还指指点点地说:"北野武,是北野武。"洗完澡后,我就抱着木桶在外面等姑娘出来,然后两人一起回家。简直跟《神田川》歌里唱的差不多,真受不了啊。

这样怎么行呢?于是我就替姑娘租了套高档公寓。不料那公寓里竟然出现了"强奸犯",人称"白色强奸犯"——据说专挑白色公寓下手。这个家伙居然到姑娘住的公寓来了,还偷看了姑娘洗澡。

姑娘的惊叫把他吓跑了,姑娘接着报了警。警察在房间里到处采集指纹,结果在冰箱上发现了许多我的指纹。因为有过《星期五》事件",我的指纹在警察那儿是存了档的,他们一下子就比对出来了。于是他们就打电话给姑娘:

"你认识北野武吗?"

"我,不、不认识。"

"什么?"

警察们一下子就炸了。

这也难怪啊。不认识的人进了房间了，那人还不是罪犯吗？"强奸犯北野武"？开什么玩笑？姑娘本意是替我着想，不想在警察面前说出我们之间的关系。可要这样发展下去，我就得锒铛入狱了。

后来我跟她说：

"我都要成为'白色强奸犯'了，快告诉警察你正跟北野武交往呀。"

真是被搞惨了。

分手之际见"粹"范儿

即便是年轻的姑娘，交往十年后，也难免会人老珠黄的。而女人只要一察觉到自己的容貌开始衰老，就会心生焦虑。真叫人受不了。她们会将原本不知隐藏在哪儿的女人特有的欲望，毫不隐讳地暴露在脸上。

那些跟我好的姑娘，虽说本意并不是从我这儿捞钱，可事实上也都受惠于我，不愁没钱花的。所以一旦发觉自己没了外在优势，就不免慌张起来了。这也表明她们知道了自己之前受到优待，是因为当时自己有外在优势。

我觉得女人是很懂得如何来营销自己的。知道自己没了外在优势，跟我的关系快要到头了，她们无非有两种选择：要么与我分手，另找他人；要么索求回报。因为我是个有老婆的男人，所以她们会说"反正你也不可能跟我结婚的"。在这种情况下，没品的我除了用钱来解决之外，也想不出什么更好的办法。

我给好几个女人添了这种麻烦。分手过后，我是否还会继续汇钱给她们呢？就算还汇钱，我也不想知道她们的状况了。因为我压根儿就没有这样的勇气。

要是人家有了老公，收到我的钱后，只是一个人窃喜，倒也还好。可要是只靠我汇的那点钱过日子，那我可受不了了。可以想象，要是有朝一日她对我说：

"我就是靠着你汇的钱，才撑到现在的！"

那我肯定会大受刺激的。这不跟野坂昭如[21]的《萤火虫之墓》一样悲惨了吗？

书里写的是：

一对兄妹躲在防空壕里，妹妹因营养不良倒下了。哥哥偷来蔬菜，竭力照顾着妹妹，可妹妹的身体依旧毫无起色。等他取出仅有的一点点存款买来食物时，为时已晚，妹妹在终战的一星期后死了。而哥哥也成了营养不良的战争孤儿，等待他的只有死亡的命运。

啊，这样的情形，真是连想都不愿去想啊。

"好人"也丑陋

我常听女人说，"你是个好人"。其实，所谓"好人"，或许也是很丑陋的。自己不愿受伤，不想置身于悲惨境地。站在安全地带糊弄了事，这或许就是"好人"的本来面目吧。

想跟女友分手却又不说出来，拖拖拉拉的——有这样的人吧。那是因为不想听女人抱怨。也有人误以为不提分手就代表自己是"好人"，又有人认为，有勇气的"好人"是应该清楚明白地说出"我们分手吧"。不过，这确实很难啊。

男性朋友之间谈起与女友分手的事情，估计会有这样的对话吧：

"老这么拖着，也对不起人家吧，还是痛痛快快地讲清楚为好啊，你又不可能跟人家结婚。"

"可要是说了，她就哭得更厉害了。"

"那么，你要让她哭到什么时候呢？"

这样的对话，没完没了。

或许正因为这样，当女方年龄变大，主动说出"我们分手吧"时，男方才会在付出一笔钱后松一口气吧。可这样的话，你就成了一个丑陋之人了。这倒不是因为你没照顾人家一辈子，而是因为你让女人开口说分手。

这么做的人，真的爱过那女人吗？有的男人对女人动粗，可也说不定那家伙确实爱得太深。

我可从来没有打过女人，一次也没有。不过有时候我也想，我是不是没爱得那么深。这种时候，"粹"范儿的问题又出来了。

动手打人是没品的表现，是吧。

自己提出分手，就是自己来做恶人，是吧。

最好是女方提出分手，于是顺水推舟，是吧。

可是，"粹"之地狱就在这儿等着你呢。因为你没有遵从自己的内心，做该做的事。

要想有"粹"范儿，有时就得不顾一切，哪怕是去做一个"恶人"。

"粹"的思想准备和痛苦

有"粹"范儿的家伙是无法像野兽那样做爱的。尽管也知道真能那样肯定很爽，但有另一个自己不允许这么干，所以也得不到快感。因此，要有"粹"范儿，就要有相应的思想准备。

深见千三郎师父也是如此，所谓"粹"范儿只是外表光鲜而已，对于自己人来说，或许就是个累赘。就拿花钱来说吧，在外面是挺风光的，却会给自己人带来很大的麻烦。他们一到了外面是决不会说没钱的，给起小费来连眼都不眨一下。这样会被人称赞一声"好有'粹'范儿啊"！可为了这"粹"范儿，家人却遭罪了。更有甚者，为了体现"粹"范儿，从老婆手里抢了钱取悦他人。

搞不好的话，"粹"范儿就是建立在自虐的基础上的。有"粹"范儿的人就能在此过程中发现"粹"。不愿意被人小看了，也不沉湎于正常的欲望。所以说，所谓高雅的有"粹"范儿的人，其实就是个十分要面子的怕羞之人。

维持"粹"范儿，或许就是一种十分痛苦的活法。被人称赞有"粹"范儿自然是高兴的，可其中也不无为"粹"而"粹"的成分。就像深见师父那样，为了保住自己的脸面而死撑着。

尽管如此，我还是喜欢"粹"范儿的。

就拿普通的饭碗来说吧，有些在烧制时变形了，这些烧歪了的碗有时也会被看作一种美。从写实主义到印象派，这在文化上多少也是一种进步嘛。

所以要我说的话，"粹"有点像烧歪了的碗，是一种"掌握常识之后的高级活法"。

注释：

1 松村邦洋，出生于 1967 年，日本电影演员。代表作为《明日记忆》。曾出演北野武导演的电影《双面北野武》。

2 渡哲也（1941—2020），本名渡濑道彦，日本影视演员，在 20 世纪 70 年代出演了大量警匪、黑帮题材的影片而走红。代表作有《东京流亡者》《流氓的坟场·栀子花》等。

3 日本著名橄榄球运动员,体育节目解说员。

4 百濑博教(1940—2008),日本作家、诗人。

5 日本东京都港区的一个地区。是个高档消费区,也有许多外国使馆。

6 靠近京都的地方。现常指以京都、大阪为中心的近畿地区。

7 吉本兴业的艺人。吉本兴业为日本历史最悠久的演艺经纪公司,创始于关西,也以关西为大本营。

8 千利休(1522—1591),日本战国时代至安土桃山时代的茶人。千家流茶道创始人,为茶道之集大成者。

9 丰臣秀吉(1537—1598),日本战国时代至日本安土桃山时代的武将。继织田信长之后统一了日本,结束了日本的战国时代。

10 茶道流派之一。从茶室的构造到茶具等都极力避免奢华,追求草庵式的闲寂之美。创始者为日本室町时代末期的村田珠光,集大成者为千利休。

11 茶道、花道、香道等日本传统技艺中流派的创始人或掌门人的别称。

12 一种戴在马的眼睛上以缩小其视野、使其集中精力专注于前方的马具。在赛马中多用于易惊的马。

13 斯坦利·库布里克(1928—1999),美国著名电影导演。主要作品有《大开眼戒》《全金属外壳》《洛丽塔》《斯巴达克斯》等。

14 黑泽明(1910—1998),日本电影导演、编剧、制片人。主要作品有《罗生门》《七武士》《战国英豪》《影子武士》等。

15 由日本著名导演黑泽明执导并担任编剧的剧情片，由松村达雄、香川京子主演。影片讲述了退休教师内田百开始从事写作，终日与猫为伍，过着悠然自在生活的经历。该影片于1993年4月17日在日本上映。

16 Beat Takeshi，北野武在做搞笑艺人时的艺名。

17 北野武在2011年又参加过一次《27小时电视》电视演出。

18 伊集院静，出生于1950年，日本作家。著有散文集《女人和男人的品格》，与多名女演员有绯闻。主要作品有《瞌睡先生》《琥珀之梦》《皋月》等。

19 日本落语家、搞笑艺人、演员、主持人。日本"搞笑界三大巨头之一"（另外两位是北野武和森田一义）。

20 1986年，八卦周刊《星期五》的记者强行采访北野武二十一岁的女友，造成对方轻伤，愤怒的北野武之后带领徒弟闯入该杂志社大打出手，后来北野武被判六个月有期徒刑，人称"《星期五》事件"。

21 野坂昭如（1930—2015），日本著名作家、剧作家、作词家、歌手。

第四章

规矩

规矩始于猴子穿上短裤的瞬间

"挺地道"这事儿

年轻时跟人上饭馆,我在那儿占了不少便宜呢。饭店里铺着榻榻米的包厢前,有不少别人脱下的横七竖八的鞋子,我就去一双双地排列整齐。于是有些较为特别的黑道大哥看到了,就说:

"噢,你小子,还挺地道的嘛。"

还给了我小费。这样的事情我遇到过好几回。

尽管黑道大哥说什么"你小子挺地道。近来这么地道的人可不多了",那么你地不地道呢?仔细想想,你不就是个混黑道的吗?都已经走错了道了。

像把脱下来的鞋子摆放整齐这种基本传统规矩,是让大家在这个社会中生活得更好的行为准则。有利于人际关系的行为举止,就是有利于生活的。如果有那种觉得它陈腐、麻烦的想法我认为是不对的。

我从小是由奶奶带大的。我发觉让孩子跟老人一起生活,能让他们学会许多规矩和礼数。

银座有一所我常去的咖啡馆,那儿的老板娘跟我同年,已经是个年过花甲的大妈了。我们很早就认识了,她真的对我很好。1800日元的蓝山咖啡她只收我1000日元,还奉送蛋糕——这样好吗?搞得我很不好意思。

有一次我去银座的一家书店,突然想喝咖啡了,想到那大妈的咖啡馆就在附近。因为很近,开车去就有点小题大做了,所以就走了过去。结果发现门前聚了一大群人。不过那大妈也正好就在人群里,她看到我就说:

"小武,这边,这边,到这边来呀。"

赶紧把我拽进了店里。进去后,一直把我领进了店员的更衣室。还说:

"吵吵嚷嚷,挺烦的吧。你就坐这儿吧,给,咖啡。给,三明治。"

还跟我说"吵吵嚷嚷,挺烦的吧"呢,她自己就"吵吵嚷嚷"的。一惊一乍的,不就是你吗?

同样的事情,我在附近的彩票店也遇到过。有一次也是想去咖啡馆,看到门口围着一大堆人,心想这可有点麻烦啊。不料旁边彩票店的大妈叫我道:

"来,这边,到这边来。"

说着就把我拽进了彩票店的小间里,也是"这边,这边"的。

"小武啊，你偶尔买张彩票试试手气嘛。"

我们就在狭窄的彩票店里聊了起来，跟那个大妈也一下子就混熟了。

跟我成为朋友的女性，不是大妈就是阿婆。浅草摇滚座的会长妈妈桑，八十岁；京都料亭老板娘，八十七岁。不都是阿婆级的吗？这是怎么回事儿呢？或许就因为我是奶奶带大的吧。有没有更年轻一点的老板娘呢？——这么说就有点厚颜无耻了，是吧。

不懂规矩的艺人变多了，为什么？

说到规矩、礼节，浅草的深见师父是十分严厉的，简直到了令人害怕的程度。我们只要在规矩方面稍有差池，他就会怒喝一声：

"浑蛋！"

往往是尚未训教而骂声就先到了。艺人们在后台要是化了妆不收拾，将化妆用品乱七八糟地丢在化妆台上，他就会毫无顾忌地说：

"怎么搞的？一副邋遢相。"

我们听了，心想"啊呀，不好"，可他的骂声已经接踵而至了：

"浑蛋！自己的化妆台都收拾不好，还学得成什么艺？"

于是我们就慌慌张张地开始清扫、整理。也正因为这样，我们这些年轻艺人从早到晚都战战兢兢的。

艺人的世界其实跟家庭生活也差不多，师父、师兄、师弟这样的关系，也跟爷爷奶奶、父母、孩子这样的祖孙三代极为相似。祖孙三代生活在一起的家庭，小孩子往往都懂得规矩。而到了以"核心家庭"[1]为主的时代，孩子们都有了自己的房间，社会上也因此多了很多被说不懂礼数的年轻人。

其实同样的变化在演艺界也发生了：自从前辈艺人与后辈艺人不再共用一个后台后，不懂规矩的艺人就多起来了。

从前的演艺场里，大师父另当别论，年轻艺人与台柱子艺人，是共用一个后台的。近50平方米的大房间里，一个个化妆镜排满了一整面墙，都是化妆的地方。座次也是按照辈分规定好的。年轻艺人还得给前辈艺人倒茶，帮助换衣服什么的，手脚麻利地干些杂活儿。给坐在角落里打麻将的前辈艺人送茶后，人家会给些赏钱，说些"凑合着吃顿饭吧"等客气话。在这样的环境中，年轻艺人自然而然地就学会了规矩和礼节。

现在，这样的大后台几乎已经绝迹了，取而代之的是各个演员专用的小房间。也就是说，后台被分割成了一个个单间，还编上了号，跟大酒店似的。与别的艺人在一起的机会没有了，年轻艺人自然也学不到规矩、礼节了。原先那种看到前辈掏出香烟就赶紧上去给点上火的举动，自然也不会做了。

年轻艺人初次遇见前辈艺人，往往也不知道该如何应对，结果手足无措，每每给人以"失礼"的印象。甚至有的前辈艺人会跟那年轻艺人的师兄或其他人抱怨说："你们那儿的那个谁，到底是怎么回事儿？"

不是"不"打招呼，而是"不习惯"打招呼

我手下的弟子有40多人是经常跟我在一起的，甚至

被人称作"军团"。虽说我并不怎么骂他们,不过他们还是懂得最起码的规矩的,不会做出失礼的事情来。

不过现在像我这样的,其实是少数派。现在是既没有带徒弟的艺人,也看不到有师父的艺人了。大家都是演艺公司开办的艺人养成学校毕业的,怎么还会有师父呢?没有了师父,就意味着跟同伴一起喝酒时也可以肆无忌惮了。就艺人来说,确实是自由自在了,只是也会因此而没了规矩。

如今的年轻艺人,似乎都是杰尼斯[2]系的演员。出了学校就上电视节目,于是就红了。在他还红着的时候,演艺公司和电视台觉得"这家伙能来钱",就加以利用,但给的工资很低。而一旦觉得快要"过气"了,就立刻将其抛弃。这不跟平面模特没什么两样吗?

而在这样的环境中,艺人之间的横向联系应该还是有的,可前辈、后辈这样的纵向关系就荡然无存了。于是不论尊敬与否,年轻艺人来到正走红的明星跟前,就不知道该如何是好,结果自然而然地就"失礼"了。甚至会被人指责:

"连打个招呼都不会吗?"

我觉得这是由于艺人所处的环境发生了变化，他们压根儿就没有打招呼的习惯。这么考虑的话，就会发现如今的年轻艺人也并不太坏。因为他们也不是"不"打招呼，更不是要挑衅前辈，只是不知道什么时候该打招呼，什么场合下该打招呼，该怎么打招呼。仅此而已。

这种情况也不仅限于艺人圈。如今社会上的年轻人，其言行举止也完全不符合礼仪。不过我觉得，原因在于他们不知道将礼仪付诸行动的规矩。譬如说，在电车里给老人让座是一种理所当然的行为吧，可年轻人就那么坐着，不站起来。其实他也不是故意不站起来，是不知道该怎么做。不知道在电车这样的环境中，该怎么向阿婆让座。于是就只好装睡了。

我常说，"在电车里设老人座位是很可笑的"。你想想，只把角落里的座位让给老人坐，难道不可笑吗？电车里所有的座位，应该都是"优先座"才对呀。这不是理所当然的事儿吗？所谓规矩，不就始于年轻人意识到这类理所当然的事情的时候吗？

"耻感文化"哪儿去了？

有那么一本书，里面说日本的文化是"耻感文化"，而西洋的文化是"罪感文化"。也就是说，西洋人的内心深处，潜藏着对于上帝的罪恶意识。而日本人则时时刻刻想着不要在别人面前丢脸，不要让别人觉得自己是可耻的。总而言之，是以"耻"为基准的。这么一说，我觉得倒也就是这么回事儿。

武士一旦名誉受损，就会与人决斗；战争中，士兵会觉得与其被俘受辱，不如自行了断。自古以来，日本人都是为了保住体面而不惜付出生命的。可是，如今呢？在保留着"耻感文化"的同时，又出现了两个新类型：一是知"耻"而撒泼耍横；二是压根儿就不知"耻"。

"撒泼耍横"的家伙至少还知"耻"，这是稍好一点，还是更无可救药？不知"耻"的家伙，到底是真不知道呢？还是不懂得规矩呢？不管是哪一种，反正都是要加以教育的——虽说对于感觉迟钝的家伙来说，教育也未必有用。

再回到坐电车的话题上来。有些带着小孩的大人，为什么不肯教训孩子呢？小孩子在电车上哭闹也好，吃东西也好，大人居然一点也不生气，简直叫人无法理解。还有，在电车里化妆的女人也比比皆是。电视里不是老说，那样"很难看"吗？却依然有增无减。

之前有人把没羞没臊的中年妇女说成是"无敌大妈"，不料这"无敌大妈"成了流行语后，竟有些大妈不以为耻，反以为荣，会乐滋滋地对人说：

"我就是'无敌大妈'嘛。"

如今一些不知"耻"的家伙也与之相同，还给不肯教训自己孩子的大人取名为"怪兽家长"，给在电车里化妆的女人取名为"化妆狂魔"，并受到媒体的关注。到了如此地步，还说什么教育呢？据说他们觉得"只要受到关注，不就行了吗"？

取缔补习班！

虽说教育是必不可少的，可如今的学校教育本身就问题多多，叫人头痛不已。且不说流氓教师层出不穷，屡屡被抓，还有那本不该存在的补习班。要说起来，补习班简直就是"黑市教育"。

在战后不久的粮食配给时代，就有配给之外的所谓"黑市米"，后来这类交易被取缔了。如今的教育实行的中小学九年制义务教育，那么在学校之外另设教育机构，不就是"黑市教育"吗？

有人会说"为了升学考试，补习班是必须的"，或"不上补习班，就考不上好学校"。可升学考试原本就应该在义务教育所学内容的范围内进行，要是考试题目的难度超出了学校教学的范围，让孩子在家里自学就是了嘛。

让孩子上正规学校以外的补习班，接受额外的教育，那就与不上补习班的孩子拉开差距了。这不就是在制造不平等吗？

说是有义务让孩子接受平等的教育，结果在考试的当口拉开了差距，这不是很奇怪吗？通过上补习班比别人更早一些接受教育，这不等于从一开始就作弊了吗？国家应该取缔补习班，让孩子只在学校里接受教育。在教育的过程中发现了尖子生，就让他率先升入高一级学校，这样不好吗？

可现在这样，教育的主导权一不小心就从学校老师转到补习班老师手上了。据说，有的学校老师在班会上一说"我跟那个补习班的老师是朋友"，学生们就欢呼雀跃。认识个补习班老师就这么"牛"了吗？本末倒置了吧？还有请补习班老师到公立学校里去上课的呢。这都什么呀？要这样的话，干脆把学校全改成补习班不就完了吗？这样的话，上课时也就没有捣蛋鬼了吧？

离不了"群"的人们

跟爷爷奶奶一起生活，或是长时间跟旧时代的日本人待在一起，即便是笨小孩也会懂得规矩的。这样的例子不胜枚举。可现在的孩子都不跟老人待在一起，所以他们不知道该怎么与别人沟通，也是无可奈何的事儿了。于是他们就只会跟自己合得来的人扎堆抱团儿，形成一个个小团体。

就互联网来说，社交网站可以"建立新型人际关系"，火得不得了。也就是一些兴趣爱好、工作、出身等各方面有共同话题的人，在网上扎堆抱团儿的"群"。

我是不相信那些老在网上泡着的家伙的。哪来那么多的闲工夫呢？他们在网上聊天，动不动就吵架。稍稍考虑一下对方的教养不好吗？跟不见面的家伙吵什么呢？不用说，两边都是笨蛋！

人是非要加入个什么"群"才安心的，所以有些家伙压根儿就不是"动漫宅"，也会去秋叶原转悠。他们只听说秋叶原是"宅男（女）"们的圣地，就屁颠屁颠地跑去了。目的只是想入"宅文化"群，并非自己真的在这方面倾注了多少热情。一句话，就是个"冒牌宅"罢了。

去女仆咖啡馆的小哥，或许自己觉得这跟追偶像差不多，可在那儿一样可以遇到同伴不是？"哦，又见面了！"——会有人这么跟他打招呼吧。扮演女仆的女孩子，恐怕也不仅仅是想玩一把女仆的角色扮演——还能体验一下受人关注的演员心态，与冲自己而来的客人同处一"群"呢。

由于都是离开了"群"就不知道该怎么混的家伙，所以不入"群"就惶惶不可终日了。于是不管三七二十一，先找个容易入的"群"入了再说。这世上的许多事情，其实都是这样的。

这种具有社会性的事情，要我说的话，如何从他们身上赚钱，正是资本家们要考虑的事情。如何赚钱，就等于如何让大量的人群去购买什么东西。买东西也好，看节目也好，现在大家只要拥有一部手机，就能全部搞定了嘛。

小时候买凯蒂猫玩偶，去迪士尼乐园，吃麦当劳和肯德基。有了手机后，就下载游戏，下载音乐。老了之后，从护理设施到墓地全都给你准备好了。可以说，从呱呱坠地到一命呜呼，资本家都在上面掌控着呢。

那我们不就跟牛和山羊一样了吗？——确实会给人以这种感觉。但习惯了如此这般的豢养后，也就浑然不知了。

我一直认为这样子是不行的，是必须加以反抗的。有时甚至觉得必须冲破牢笼，哪怕为此送掉性命，也是可歌可泣的。可事实上，也仅仅是在"我绝不去迪士尼乐园"之类的事情上感到自豪而已。

前一阵子我倒是捧腹大笑了一回。在一个小酒馆里遇见了一帮"宅老爷子"，正在那儿热火朝天地聊从前的学生运动呢！什么"革马派"[3]啦，"京滨安保共斗"[4]啦，这些人居然到现在还凑在一起，可称是"社会主义宅"了吧——坐在邻桌的我，难免觉得好笑。仔细看一下，发现他们的年龄也都跟我差不多大。

了解未知世界的乐趣

老奶奶对孙儿说"吃饭时要对农民心怀感激哦"；漫才师的师父吩咐年轻艺人要整理好化妆台；木匠老师傅会教学徒如何刨木板。年轻人就是在如此这般的手艺或心意的传承中，不知不觉地学会规矩的。

如今三代同堂的生活方式已少之又少了，艺人的后台也变成了一个个包厢，所以从环境的角度来说，学会规矩也变得困难起来了。既然这样，那就只能通过读书来学习了。多少学过一点的年轻人，跟老人也能沟通。既不学习也不当回事儿的家伙，最终只会抱有"算了吧，反正那是个跟自己无关的世界"这样的想法。而一旦自己斩断了"关系"，那就更加谈不拢了。一堵高墙平地而起了嘛。

其实，只要有机会，还是能够交流的。比起觉得老年人所做的事与自己无关而一味地拒绝，问一声"大爷，您在干吗呢"要有意思得多。这是肯定的。

无论什么都行，学习之后就多少会懂一点老年人所做的事情了，对方也会因此而高兴，交谈就能继续下去了。

要是觉得"学习"这个说法不好，换成"获取知识"也未尝不可。人活在世上，总是开开心心的比较好吧。而获得各种各样的知识，也是很有意思的。了解一下与自己不同的世界，又有什么不好呢？

为了了解不同的世界，通过读书来获取信息是最为快捷的。当然也不是只有这一种途径，只是我觉得读书是最方便的，所以我非常喜欢逛书店。不努力获取知识，自己的生存空间是会越来越小的。

"茶泡饭作料包"与茶道的关系

跟里千家的家元千宗室见面前，我也读了些书，做了些功课。并由此而充分领会到，茶道、花道以及武家礼法等日本的传统规矩，已形成了一种哲学，或融会在文学之中了。像"茶道""花道"这种，确实已经在哲学层面取得大成了。

因为事先储备了一些知识，所以在跟家元交谈时，我觉得十分有趣。有不懂的地方，我一问，人家也就马上告诉我了。其实即便事先读了书，不懂的事情也还是很多的，所以听了人家的当面解释后，每每会有"哦，原来是这样啊"的感觉。前面提到过的在踏步石上放枯叶的事儿就属于这类，还有永谷园的"茶泡饭海苔"也令我佩服——原来它还符合茶道的规矩呢。

茶泡饭的作料包里，装了一些很小的雪珠似的颗粒。这些"雪珠"，原来是用来替代锅巴的。因为茶道中的茶怀石[5]，最后是会上锅巴的。

虽说不同的流派会有所差异，但茶怀石一般都以碗菜、碗汤、凉菜开场，然后是酒、煮菜、烤菜、米饭、小碗汤、下酒菜。而在上最后的糕点之前，会先上一个装有开水的汤斗，这是用来吃茶泡饭的。由于饭是用老式的饭锅煮的，所以有锅巴。将开水浇在锅巴饭上，就着清香的酱菜吃。

这些杂学知识，也是在跟家元聊天时学到的。

"为什么茶泡饭的作料包里会有脆饼屑似的颗粒呢？"

"用来替代锅巴的。"

于是我就觉得：哦，是这样啊，这不就是茶道嘛。永谷园懂得真多，有两把刷子嘛。

在与家元的交谈中，从递茶的方式到坐相，他教了我许多规矩。由此我也明白了，这样的交谈，其实也有规矩。家元处于招待客人的一方，而我处于被招待的一方，该怎么说话才符合彼此的身份，值得好好考虑。这就是交谈时的规矩。

"教人茶道挺能挣的吧。所谓家元，只要这么坐着就行了吧。"

要是没心没肺地这么说话，不被人家赶出来才怪呢。这种话是不能说的，所以说交谈也有规矩。

"家元蹲在塔尖上，只管给弟子发证书就是了，那些弟子都是傻瓜吧。"

这种话自然是不能说出口的。

要把握好哪些话可说，哪些话不可说，其实是很难的。不知道人家在想些什么，不了解人家处于什么状态，也就是说，对对方一无所知的话，有时候就会说出十分失礼的话来。

"有些家伙只是出身好，没啥本事就当上社长了。就是傻儿子顶上来的那种，不是很常见吗？"

结果对方就是这种人。

"我就是凭出身当上社长的，对不住了。"

"啊，不，不。我可不是说你……"

"这儿除了我，还有哪个是社长呢？浑蛋！"

诸如此类。

所以，规矩看起来只是言谈举止之类的简单行为，其实不具备大量的知识是很难掌握的。而掌握了这方面全部知识的人，就是被称作有"粹"范儿的人。而"无粹"之人倒也不见得有多笨，只是能接受知识的容量较小罢了。

吐槽也有规矩

有人会说，你北野武总在电视上说别人的坏话，你自己不就毫无规矩吗？其实，吐槽也有规矩的。我是决不会因嫉妒或私怨而说别人的坏话的。

出于嫉妒、怨恨、憋屈而说别人坏话,这样的人也是有的,但那是最不要脸的做法。作为一个艺人,我在吐槽的时候,基本也是首先认可对方,而将自己当作受害者的。

在2008年的威尼斯电影节上,我说了宫崎骏[6]导演的坏话。"那家伙怎么搞的?观众还挺多的嘛""观众尽是些女人和小孩嘛。托他的福,我的电影就没人看了"——诸如此类。我还说过"宫崎骏的脸长得跟海豹似的",可基本上都是给对方长脸的话呀。

其实我那《阿基里斯与龟》的首映式上,观众站起身来鼓掌叫好的也很多。不过,宫崎骏的《悬崖上的金鱼姬》反响更为热烈。所以我吐槽说"浑蛋!大奖被他抢去了"。只要稍稍琢磨下就知道,我这是在夸他呢。

有些没脑子的电影评论家或电影导演,一听到北野武的作品在海外获得了好评,只会说些"在海外受欢迎管什么用?我根本就不想去海外""我重视日本观众"之类没出息的话。

他们口口声声说"在海外获奖顶个屁用",那他们不是连一个奖都没捞着吗?心里想得要死,个个都想去参加国外的电影节,想获得好评,嘴上却说"在海外获奖顶个屁用",简直莫名其妙。

老实说,吐槽也无所谓,但多少得有些搞笑意味吧。他们不能以抬高对方、贬低自己的方式吐槽,所以都是些笨蛋导演。

电视上不是老播"时尚报道"之类的节目吗?就是在大街上逮住一个小姐姐,时尚评论家上去说三道四的那种。我看着就烦。

"对于白领女性来说,这可真是个昂贵的包包啊,跟你的整体装扮也不配呀""就一个白领嘛,挎着这么个包包"……你说来说去就这么几句,贫不贫呀?人家就想要个包包,关你屁事!你这种明显透着眼馋的话,才是最没品的。

我是怎么吐槽的呢?譬如说,看到一个男的带着个女的在逛街,我会说:

"瞧把那家伙给神气的,带着这么个漂亮妞儿。

"那小子怎么会有女人缘呢?

"肯定是上了那女的的当了。

"那样的美女居然会跟那么个孬货,没道理呀。"

你听着都是坏话，其实句句都是在夸那女的呢。所以看到男的带着个丑女人，我就不说什么了。因为你总不能说"好可怜呀，带个这么难看的女人"吧？要是不小心说漏了出来，就一定要再说一句，把漏洞给补上：

"那女的不会是我的前女友吧。我还觉得别扭呢，原来跟那小子搞一块儿去了。"

在肯定对方的前提下吐槽，这不就是吐槽的规矩吗？

"品位"源自规矩

必须懂得待人接物最基本的规矩。而基于如此规矩的言行举止，则体现着一个人的品位。"那人没什么品位啊"——被人这么说的，往往就是不合规矩之人。

无论在哪个领域，也都是有规矩的。即便就个人而言，也各有各的规矩。下町的劳动者有其规矩，大财主也有自己的规矩。而这种规矩，通常会在与社会发生关系时，以"品位"的形式表现出来吧。

说到品位，即便是在做榻榻米的工匠、油漆匠等工匠的世界里，也是有讲究的。我就想起了我老爸说过的话：

"只要能挣钱，就去干那种活儿吗？油漆可不是一刷就完事儿的。那种连外行都能干的活儿，居然也叫我跟着一块儿干？"

说的是附近的工厂叫他去干喷涂的活儿。在批量生产的工厂里，是用不着匠人的手艺的。招集到那儿去的工人，只是不断地重复着简单的操作而已。

"喷涂也好，上漆也好，我全会。我可不是为了干那种活儿才学这门手艺的。"

老爸他说是这么说，可最终因为没钱，也只得作为一名工人去工厂干那种简单、重复的活儿——虽说心里十分憋屈。

不愿干有违匠人规矩的活儿——这样的自矜，就是一种品位。而破坏如此品位的，就是金钱。所以说金钱是恶魔，十分可恶。我老爸就是因为没钱，只得去工厂上班。其实几乎所有人都输在了钱上，而输了的人，就会被盖上"没品"的烙印。

我从很久以前就开始画画了，但一幅也没卖出过。

即便有人说"卖给我吧",我也不卖,我送给他了。这样比较好,不是吗?就好比人家帮了你的忙,比起发个电子邮件,肯定是亲笔写封感谢信更好。送人画也是这么个意思。"给,这是我自己画的"——这效果肯定好,是不是?

所谓卖画,那就是给画定了价了,是用画去换钱了。我觉得仅仅是这样,就已经不干不净了。所以我的画都是用来送人的,并跟人约好:

"我要是开画展的话,你再借给我,用完会还你的。"

至于对方把我的画卖了还是怎么处理,那就随他的便好了。因为跟我已经没关系了嘛。不过话又说回来,要真是卖了个天价,我又会怎么样呢?像村上隆[7]一样,一不小心就"拍出了1500万美元"的话,我要不要悄悄地跟那人说:

"喂,老兄,分我2000日元吧。"

不行,这太小家子气了。

什么是有品位的花钱方法

会花钱的家伙，自然是有品位的。无论干什么都需要体力，花钱也不例外。双手捧着钱过河，一个趔趄，钱就撒河里了。但只要有能顺利过河的体力，也就不觉得钱有多重了。

譬如说有钱人为社会做贡献，也就是说，把钱花在对社会有利的事情上。可"做好事儿"的这种感觉也会成为重负的。如果到处炫耀"我做了好事儿啦"，那么这个有钱人还是没品的，还是"无粹"的。因为他违背了有钱人的行事规矩。

外国的大富豪认为"总比被国家收了税强"，于是就不断地把财富捐赠出去，或自己建立基金会。可在日本，捐赠本身就是要缴税的，免税的限制很多。建立 NPO（非营利组织）的话，也要去政府机关办理复杂的手续，搞志愿者活动的人似乎也不胜其烦。何况这其中，也有些搞不清是否真为社会做贡献的志愿者。

不久之前，不是有个"白腕带行动"吗？说是要

"拯救全世界的穷人",一个白腕带卖300日元。由于名演员和体育明星出演了电视广告,大家就都在手腕上戴上了白腕带了。据说销售额高达十几亿日元呢。哦,真厉害啊!那么,他们到底捐赠了多少呢?一打听,居然连一分钱也没捐。说是销售所得全都用于"救助发展中国家的贫困人群"的活动上了。啊呀呀……

也就是说,它的目的并不是募集救助资金,而是要呼吁广大国民和政府关注"世界上还有贫困人群"。白腕带的销售所得都用在这类广告上了。可这么做,就有点不伦不类的了,是不是?

譬如说我的弟子"第二代原样东",也即索马弘,可是自掏腰包盖学校的。索马弘的老家在非洲的贝宁,他用大约十年前在日本出版的书的版税,在贝宁盖了小学和日语学校。

贝宁是非洲到处都是的"发展中国家"之一,那儿的小孩子从食物到教育,情况都十分糟糕。所以索马弘一直在做志愿者,如今竟当上了"贝宁共和国总统特别顾问"了。有些事儿我也不太愿意说,其实我觉得能跟索马弘认识也是很有缘的,所以也就稍稍地帮了他一点忙。

事情是这样的：

我听索马弘说，小学是建成了，也挺不错的，可午饭成了问题。虽说学校提供的午饭一份只要25日元，可大部分孩子都买不起。我心想，连肚子都还没吃饱呢，还谈什么教育呢？那么，能否在贝宁搞点能自给自足的项目，让孩子们能免费吃上午饭呢？

于是我就跟那个靠"花田牧场的原味奶糖"赚大发了的田中义刚商量了一下。他说，他的牧场里不仅养牛，还养猪呢。我一听，觉得有门儿，就拜托他说：

"我去把愿意在非洲养猪的年轻人带来，你教他们如何饲养。"

于是就说好，他培训人家三个月。因为我觉得要是贝宁的年轻人来北海道的"花田牧场"学了养猪技术，回国后能够自给自足的话，该有多好啊。

要不，我也去"花田牧场"的边上开垦一块"北野田牧场"，卖点什么糖？或者就卖"北野田原味奶糖"。还可以卖一款"山本MONAKA"的最中（monaka）[8]饼。

闲话少说。我的意思是，如果有个人能做的事情，肯定是直接去做为好。

经济上较为宽裕的人，不要只想着自己赚钱，还是多少有点与人共享的心态为好啊。这自然就是有品位的花钱方式了。每月零花钱1万日元的，将其缩减为9000日元，把省下的那1000捐到什么地方去。我觉得钱要是能在世上这么流转，就真的不错了。

我可没说不要花钱、不要享受，你想吃吃，想喝喝，一点关系都没有。只要偶尔捐一点点就行。打个不恰当的比喻，就像大家去参拜神社时，不是都会往功德箱里扔点钱吗？只要这么点就行了。如果大家都这么做的话，说不定非洲的孩子就能吃饱饭了。

穿上短裤的猴子造就了规矩

规矩是人际关系的基础，若能时时留心，处处都不违反规矩，那就显出品位来了。而能在言谈举止、待人接物上表现出凡事为他人着想，或能自我克制，那就是所谓的"粹"范儿了。

要我说的话，自从猴子两脚直立行走，穿上短裤的那一瞬间起，礼仪规矩就已经出现了。在此之前，由于没穿短裤，大便是随意排泄的。穿上了短裤之后，大便时肯定要将其脱掉，而不是把短裤当作尿布。这时就产生了"穿"和"脱"两种行为——这就是规矩。

开始用火做饭以后，刚做好的饭很烫，没法用手抓着吃，于是就产生了使用筷子的规矩。人类在进化的过程中，会不断出现之前从来没有过的行为，或新的言行举止。这些言行举止在日后就成了规矩。

规矩与群居生活密不可分。譬如小笠原流的礼法[9]，就是非常合情合理的。

"座位分上座和下座，下座的人起身离去时，不能背对着上座走开，背对着上座是失礼的。

"拔刀时应右脚在前。左脚在前的话，会被刀伤着。

"不能踩踏榻榻米的边沿。因为榻榻米下如有敌人，可能会从缝隙处伸出长枪攻击。"

虽说十分烦琐，但这作为武家礼法的任何一条，其实都是非常科学合理的。

据说就连移门的开合也有明确的步骤。首先是面对移门坐下，然后将手搭在靠近柱子的拉手上，接着将移门拉开一掌的宽度，再将手搭在距底部 30 厘米处，将移门拉开一半，最后用另一只手将移门全部拉开。拉开移门后，保持着正座的姿势进入房间[10]，然后改变朝向，将移门关上。

为什么要遵循如此繁复的步骤呢？据说最初拉开一点点，是为了给屋里人一个"现在要开门了"的信号。因为突然开门是会把对方吓着的。而最初拉开时用一只手，将门拉到底时要换成另外一只手，则是完全符合人体构造的。

这一切，都是在历史进程中自然形成的。

说得夸张一点，所谓"规矩"，其实是在几万年的历史进程中，一点一点地完成的。所以我觉得，规矩体现了生活在地球上的我们与大自然之间最为和谐的关系。在庭院中的洗手处洗手，听竹筒敲石的声音，欣赏映在池面的月亮。这一切不都是为了让人与自然融为一体吗？

由此也可知，破坏大自然是一种极其没品的行为。砍伐森林，建造水坝，都是没品的行为，因为这是不合规矩的。怪不得鹿或野猪会跑到村里来呢。

一说到规矩、礼节、礼仪，有人就联想到了餐桌礼仪、茶道练习，以为是文化气息浓厚的、有钱人自娱自乐的玩意儿。其实大错特错。

规矩是人们在守护自然并与之共存至今的过程中，所形成的行为规范，所以是适用于我们大家的。有钱没钱，反倒跟规矩没有一毛钱的关系。

注释：

1 夫妇两人或夫妇两人与其未婚子女组成的家庭。

2 日本著名艺人经纪公司，以推广男艺人及男性偶像团体为主要业务。

3 "日本革命共产主义者同盟革命马克思主义派"的简称。1962 年从"日本革命共产主义者同盟"中独立出来，其政治主张为通过革命实现共产主义。

4 以东京横滨工业地区的工人、学生为中心的武斗集团。于 1967 年由脱党的部分日共党员成立。

5 日本茶道举行茶事时，为避免空腹饮茶伤胃而预备的垫腹饭菜。得名于禅僧怀揣烤热的石头以耐饥参禅。

6 宫崎骏，出生于 1941 年，日本著名动画导演、动画师及漫画家。代表作有《龙猫》《千与千寻》《起风了》等。

7 村上隆，出生于 1962 年，日本画家。曾举办"*Kaikai Kiki*"、"超扁平哆啦 A 梦"等个展。

8 山本 MONA 为淡出演艺圈的日本女主播,曾隶属北野事务所;monaka 是日式豆沙馅儿甜点"最中"的发音。

9 日本室町时代由小笠原家族制定的礼法。曾是江户幕府的规定礼法,后逐渐普及到民间,是女子家庭礼仪教养的内容之一。明治初期,学校里也教授女生学习此礼法。

10 以双手撑地的姿势挪进去。

第五章

艺

能把活法变成『艺』，品位自然高雅

艺人活在社会的底层

顺着桌旁的阶梯往地下室走去。

石级的边缘已经磨损,整面墙都沾满了来历不明的斑斑点点。顺着阶梯往下走,总觉得像是在潜入凝滞的时间的底层。更何况还到处散发着潮湿的怪味儿,几十年都没换过空气似的。每当我嗅到这陈旧的聚集地所特有的酸臭味儿,都觉得像是被发了一张当天有效的艺人执照。

其实,这种酸臭味儿,早已被数不胜数的艺人嗅过了。大宫传助、特牙·弯牙、W健二、空特55号等等。他们都是嗅着这股子气味儿,逐渐走红的。这么一想,我倒也并不十分讨厌这气味儿了,只是不知道要嗅到什么时候。

——北野武《漫才病房》[1]

早在十五年前,我就出了一本被称作"首部自传体小说"的书。这本书讲的是年轻的浅草艺人的事儿。主人公的原型，当然就是我自己了。上面所引用的，就是这本书的主人公进入演艺大厅后台时的那一段。因为后台在地下，总给人以一种社会底层的感觉。

要我说的话，艺人还就是活在社会底层的。自古以来，就位于士农工商的下面。这也不仅限于搞笑艺人。自从出现了阿国歌舞伎的出云阿国[2]那个时代起，从事演艺的家伙就是低级下流的。

人们常说"艺人是连老子死了，也见不上最后一面的"。说是因为观众等着呢，即便老子死了，也只得忍泪含悲地上台演出。我觉得不应该这么理解。应该说，艺人就是没感情的人，就连老子死了，也能若无其事地上台演出。老子死了也能说漫才，也能在台上笑，这就是艺人的基本素质。所以不是"老子死了也见不上最后一面"，而是"老子死了我也还能演"——这才是艺人。

演员不是尽说假话了吗？把自己的喜怒哀乐放一边，哭是假哭，笑是假笑，再也没有比他们更过分的人了。他们能露出杀人犯的凶相，也能变成一个老好人。他们所动用的是与自己的感情不同的另一种感情。演员的可怕之处，就在于什么都干得出来——只要他们想干。

演员也好，搞笑艺人也罢，他们都没有常人的感情。所以演员为什么会遭受歧视，我心里十分清楚——虽说近来演员似乎都成了偶像了，但艺人也有艺人的规矩。从大的方面来讲，"艺事"也是与"规矩"相同的。这到底是怎么回事儿，还是留待后面再说吧。在此，还是先了解一下艺人过分的一面吧。

"不'火'的原因"有许多

我在浅草那会儿是20世纪70年代，正值日本从高速增长期进入平稳增长期，日本人都已经很富有了。可是，浅草艺人却几乎穷得跟要饭的差不多。这一方面是说他们真的没钱；另一方面是指他们在精神上也贫穷得像个乞丐。

我那时候正跟人搭档说漫才，可没过多久就知道自己是"火"不起来的。其实许多说漫才的都知道，"我们这一对是'火'不起来的"这么个事实。可说到"火"不起来的原因，没一个人会说"都是因为我"的，而总是归咎于自己的搭档。于是就拆档，与别人搭档，不

"火",再拆档……就这么翻来覆去地折腾着。

当然,像我们这样的,也有"火"了的。可有趣的是,没人知道为什么会"火",但不"火"的话,原因却有许多。你要是问"火"了的家伙:

"你们怎么'火'的?"

他们一句也答不上来。可你要是问不"火"的家伙:

"你们为什么不'火'?"

他们能列出100条原因。第一条就是搭档不好,然后就是"师父不好""观众都是傻瓜""时运不济""好机会一次也没碰上""运气不好""世道不好"……总之,全都是别人或社会的责任。而说不出"是我不好",正暴露出其精神上的贫乏。

当时所谓的"火",意味着"名声大振,演出费暴涨"。譬如说狮子特牙·濑户弯牙仅仅给"森进一秀"做了个热场表演,就已经是大新闻了。他们只是在歌星演唱前说了两个很平常的段子,一场下来就能拿到20万日元,这可是高得离谱的演出费了。因为我们平时演一场只有1000日元,还得两个人平分。

我们的"双彼得"小有名气后,也给演唱秀演过热场。那是札幌的"内山田洋 & Cool Five 秀"。上半场是我们的漫才，下半场是内山田洋 & Cool Five 的演唱。可当时的情形却有些反常了，因为"双彼得"太受欢迎，所以我们的漫才演完后，观众全跑光了。等到原定的主演内山田洋 & Cool Five 上场时，台下已空无一人了。于是演出公司的人就说：

"不好意思，下一场就换下顺序吧。让内山田洋 & Cool Five 先唱，'双彼得'压轴。"

我们在下半场上台后，台下立刻"哇——"的一下炸开锅了。"还有这种事啊！"——连我们自己也纳闷了。可窝囊的是，我们的演出费还是很低。因为这是半年前就谈好了的，当时谁知道会这么"火"呢？这下可把演出公司乐坏了。

"'双彼得'，要是只叫了你们来就好了，不该叫内山田洋 & Cool Five 来的。这样赚得更多啊。"

说什么呢？

"原以为内山田洋 & Cool Five 是五个人，不料他们居然有六个呢。还外加乐队。而你们呢，只有两个人，只要一个麦克风。"

我真想对他说:"行了,行了。别太过分了,好不好?"

脱衣舞女与"吃软饭的"之间的奇妙关系

就浅草艺人的身份来说,顶多就是上个电视,给歌手热个场罢了,所以大家都想上电视。想上电视无可厚非,但是,上不了的话,也只说一声"算了吧"就很轻易地把这个念头丢开了。这是因为,浅草这个环境对于艺人来说还是十分宽松的。

我觉得在浅草,是靠着来看漫才的观众以及开小酒馆的大叔、艺伎、脱衣舞女等,大家一起支撑着艺人的。即便不是被称作"老板"的有钱人,没钱的家伙也能成为艺人的资助者。花 500 日元请艺人吃一顿什么,不就成了资助者了嘛。所以说,整个浅草都成了互助会了。

我也经常被人请客。跑到餐馆,老板就会很随便地喊一声:

"小武来了,谁请他喝一杯吧。"

于是客人中就有人应声道:

"行啊,喝吧。"

肚子饿了,跟前辈艺人说一声:

"大哥,请我吃点东西吧。"

这就行了。

就是说,即便没钱了,这日子也总能对付着过下去。

这种事情大家都早已习以为常了,所以艺人待在浅草觉得很舒适。压根儿就没谁觉得"浅草那种地方,我才不要待呢",大家都能在浅草终老一生。浅草艺人即便不"火",也没觉得什么遗憾——所以"火"不了。

脱衣舞剧场的话,脱衣舞女甚至觉得自己是理所当然要请艺人吃东西的。跳脱衣舞的大姐在订外卖的时候,往往会连艺人的份儿一起订下——尽管他也不是"吃软饭的"。当然与艺人搞到一起的也不乏其人。其实我也经常受到邀请。

"一起去喝一杯吧。

"从我家出来上班也可以哦。"

不过我觉得这里面有些危险,没跟着去。我的搭档彼得清跟我不同,他可是只要人家一喊,就屁颠屁颠地跟去的。这小子甚至还去"男大姐"家呢。

从乡下跑出来做了脱衣舞女的女孩子，觉得跟喜剧演员搞在一起是理所当然的，所以经常对我们"放电"，实在是叫人吃不消。不过这也说明，她们内心的寂寞有多么不堪忍受。跳舞时给男性观众看自己的裸体，身边再没个喜欢的男人可就真的没法活了，所以她们都求"男"若渴。

她们中的有些人跟男人搞在一起后，又被抛弃，并且几次三番地深陷其中，不可自拔。浅草有不少"吃软饭的"，会同时拥有好几个这样的脱衣舞女。有些"吃软饭的"最初只是跟咖啡馆里的女招待好上了。后来自己的生活搞不定，日子没法过了，就恳求女人说：

"你去跳脱衣舞吧，求你了。"

其中也有些非常不可思议的家伙。譬如说学校老师跟女学生。有个老师跟自己的女学生搞上后，一起私奔了。可没过多久，日子就过不下去了。结果女学生就成了脱衣舞女，老师成了"吃软饭的"。有时那老师还来教脱衣舞女学数学呢。简直莫名其妙。

到处都是垃圾堆

前面所说的情况也不仅限于浅草，这种无可救药的艺人到处都有。艺人聚集的地方已经成了垃圾堆了。譬如说名古屋的大须演艺场有一档名叫"和尚漫谈"的节目。虽然由一个和尚打扮的家伙，"笃笃笃"地敲着木鱼上台来表演，身上穿的是袈裟，脑袋却并不真秃，只是戴了个头套而已。

只见他敲着木鱼，慢条斯理地说道：

"就连看破红尘的我，见了木鱼的缝儿，也会有想法的。"

有什么想法？——简直叫我晕倒。

"见了缝儿就有想法。嘿嘿，妙不可言啊——做爱。"

那是在大白天演出的，台下的观众尽是些大妈。可听他这么一说，连大妈们也都发飙了，"浑蛋！"她们不由得破口大骂了起来。

那个演"和尚漫谈"的艺人，一下了台就钻到后台去打麻将。尽管他喜欢麻将喜欢得要命，手却很臭，才打了一会儿就输了个精光。

"借我点钱吧。"

"不借！没钱就别打了。"

人家都说到这份儿上了，可他还不罢休，去拿了点东西来。

"好吧，我就这头套和袈裟，押这儿了。"

结果又输了。

这下他可连行头都没了。可下面还有他的演出呢，实在没法可想了，这个演"和尚漫谈"的家伙，居然抓起身边一套橄榄球训练服就往身上套。那训练服想必是别人放那儿的吧，可他不管了。身上没了袈裟，脑袋也不是光头了，却依旧敲着木鱼，嘴里念念有词：

"就连看破红尘的我……"

结果自然是又被观众大骂"浑蛋"。

这次连剧场经理都发火了：

"你小子不是演'和尚漫谈'的吗？"

"不好意思，和尚行头被人拿去了。"

"天底下哪有像你这样的艺人？"

"不好意思，不好意思。"

他只是一个劲儿地道歉，却一点也没反省。后来这小子竟然在半夜里钻进了名古屋一家乌冬面店老板娘的被窝，被警察逮了去了。真是个烂到了根的家伙。

搞笑艺人的规矩

说到搞笑艺人的规矩，那肯定是想方设法地让观众笑，而且要为此而尽心尽力。或者说，看到观众大笑之后，应该有"这就行了。既然这么受欢迎了，挣不挣钱又有什么关系呢？"这种心态。如果达不到这个境界，就说明你作为艺人的规矩尚未到家。

艺人分两种：一种是像桂歌丸师父那样的，说是"要让观众笑，观众不笑就没意思了"。还有一种则更为明确地说"要把观众逗笑，讨厌被观众笑话"。深见千三郎师父常说："不能被人笑，要把人逗笑。"

"在大街上被人笑，是令人气恼的。要笑，只能让人在自己表演时笑，所以才干艺人这一行嘛。"

这种说法，我是十分喜欢的。

但也不是说为了把人逗乐，就可以不择手段。这里面也是有规矩的。前面在说"金钱败坏了品格"时说到"想钱想到这份儿上吗"？同样，现在我们也可以说"想让人笑想到这份儿上了吗"？如果是这样，那么这种所谓的"艺"就是没品的。

很久以前，一个前辈艺人在给演唱会暖场时，我也在附近的演艺场演出。由于我结束得稍早，就过去看望了前辈。

"哦，小武啊。怎么样？你那儿的情况。"

"不行啊，观众反应冷淡。"

"喂，你是说漫才的，是不是？得让观众笑才行啊。就得有非要把人逗乐不可的骨气啊。"

被他好一通说教，一下子提高到"骨气"的层面了。

"观众不笑，就一定要把他们逗笑。这就是骨气啊。"

"是吗？好的。我努力。"

随后，那前辈撂下一句："嗯，我上场了。"就出去了。我也想看看前辈的表演，于是就朝观众席走去。只听得场内"哗——哗——"地笑成了一片。

"这老兄还真有两下子啊！"我寻思着朝台上看去，只见他正在用鼻子抽烟呢。

喂，这不算什么"艺"吧。老实说，我也很想让观众笑，可还没想到用鼻子吸烟的程度。这种事儿，我是做不来的。

艺人中还有些利用自己的身体缺陷来吸引观众的。也有故意说话结巴的，靠离奇的外表或怪腔怪调引观众发笑的。这些都不可取，都是没品的表现。要把观众逗乐，还得靠段子。

说到底，所谓"你就这么想逗乐观众吗"，其实是说"你就这么想靠逗乐观众来赚钱吗"，所以说，这是没品的表现。而艺人做出没品的表演来，就是双重的没品了。

上电视与拍电影之间的规矩

如果拿上电视和拍电影比较的话，老实说，我是喜欢拍电影的。上电视虽不怎么喜欢，但能赚钱，所以觉得这是个"活儿"。我外出拍电影的时候，总跟老婆说"去拍电影"，而不说"去干活儿了"。如果说"从明天起得干活儿了"，那就是要上电视了。拍电影不是个"活儿"，不是个"工作"，观众对于电影的反响就是一切，我没想着用它来挣钱。

虽说上电视是个"活儿"，可最近我又不为了挣钱上电视了。因为我被人说"瞎搞"了。

"北野武，你净瞎搞。"

"哦，谢谢！"

基本上就是这种感觉。

我老婆也说："你搞了三十年，现在是最'火'的时候吧。"

说什么呢？什么叫"现在最'火'"？难道我以前没"火"过吗？

不过说来也是，现在我又是拍广告，又是电视上的"常客"，确实忙得不亦乐乎。我非但不讨厌，还觉得挺受用的，还自作主张地把这叫作"第四黄金期"。

到了退休的年龄，大部分人都只想着减少工作量，而我却正好相反，还在不断地增加工作量。我还买了辆跑车，开得飞快，"啊，好快啊，好快啊"，自己乐不可支。但要倒进车库，自己就搞不定了，只得找司机代劳。我则在一旁"来，倒，倒"地指挥着。这倒是有些跌份儿的。

说回拍电影,我也有自己的规矩,那就是,我从未拍过只有眼部之类的特写镜头,一次也没有。这是跟大岛渚[3]学的。事实上那些喜欢拍特写的家伙没一个是好导演。反过来说,能用远镜头拍出美丽场景的才是有本事的导演。

还有,演员中有些人会"因演这个角色而兴奋不已"。或者说是十分喜欢演这个角色的自己。这其实是一种误解,以为只要沉浸于角色之中就是好演员了。这样的演员往往都会过度表演。

我要拍的可不是什么"喜欢演这个角色的自己",我只想拍出好的效果。所以不会让他们做过度的表演,并觉得他们那样做是没品的表现。更不用说那些将自己的喜怒哀乐、吃吃喝喝、人的感情或本能直接拿来卖钱的家伙了。那是最最没品的。这也是我一直以来说的,艺人是没品的。

将自己的悲哀用来卖钱,用表现悲哀的演技来赚观众的眼泪是没品的表现。用同样的方法把观众逗乐也是没品的表现。将情感、欲望完全暴露出来,以此为谋生的职业，这本身就是没品的行为。这里面的规矩就是，在充分理解这一切的前提下拍摄电影。而那些将过度表演、过度导演的东西拿给人看，还问"你看看，这片子怎么样"的家伙，是相当没品的。

曾经的传奇演员

关于演员的事情，请允许我再多说几句吧。演员一上了年纪，人们就会说什么"演技老到""炉火纯青"之类的话。有些演员自己对此也十分在意。不过要我说的话，那是不可取的。上了年纪就表演上了年纪的角色，看起来十分自然，其实是不对的。

我这个年纪要是还做演员的话，就要演黑帮大佬或凶恶的杀人犯，而不想演那种温文尔雅、淳朴善良的老人。因为我对"活着"这事儿本就毫无执念。演戏的话是身不由己，可作为普通的活法的话，你再怎么"演技老到"，最后还不是一死了之吗？所以我是不愿演那种退休了的老爷爷的，要演就演诈骗犯或杀人犯。

我曾和藤原釜足[4]一起拍过电影。他可是在黑泽明的作品中也经常出现的著名配角演员。不过那时他的年龄已经很大了,而他演的角色也是个年龄很大的老人。藤原在表演时,走起路来跟跟跄跄的,还老低着头。我身边一个一起出演的家伙对此十分佩服。

"啊呀,藤原可真了不起啊,把老人都演活了。"

不过,导演一喊"停",藤原就被助手搀扶着回家了。他不是在"演"老人,他本身就是老人。再跑到他刚才站着的地方去一看,只见那儿用很大的字写着台词呢。我还以为是地板上的花纹呢,原来是地板成了提词板了。

演员中好玩的事儿还有很多,譬如演"丹下左膳"系列电影出名的大友柳太朗,也有个堪称传奇的笑话。

有一次大友在一个港口城市拍外景,附近的居民想给他拍照。他发现后怒吼道:"你们要干吗?"

"啊,就拍一张。"

"怎么在这儿拍呢?浑蛋!"

他气势汹汹的,把看热闹的人全都吓住了。不料他下一句却说:

"还是背朝着大海拍吧。"

原来他以为，既然是在港口城市，要拍自己就得以大海为背景来拍，于是就把那些人带到了海边。不仅如此，这个"丹下左膳"居然睁开了双眼，还伸出两条胳膊摆开了姿势。估计大家也都知道吧，丹下左膳是历史剧中的英雄，在影片中可是瞎了一只右眼，少了一条右臂的。结果演丹下左膳的大友却伸出了双手，睁圆了双目。这样的照片就太搞笑了吧。

笑演《忠臣藏》？

已经过世的绪形拳[5]，也是个十分有趣的人。我曾与他一起出演特别电视剧[6]《忠臣藏》。我演大石内藏助，他演大野九郎兵卫。人称"老戏骨"的绪形拳其实也是个好开玩笑的人，甚至在拍摄过程中也会把人逗乐。

在剧中，有我跟他面对面交谈的镜头。由于呈现在画面上的只有两人脖子以上的部分，所以我们都把提词用纸贴在对方的肚子上。也就是说，我要说的台词贴在了绪形拳的肚子上，绪形拳要说的台词贴在了我的肚子上。

不料我一说台词，绪形拳嘴里念叨着什么"不。这个么……"就故意扭动起身体来了。他的上半身一会儿转动，一会儿前倾，结果我就看不到台词了。

"不好意思，绪形，请你别动！"

"哎？"

"我看不见台词了。"

"这么点台词，你就记在脑子里吧。"

"我倒是也想记来着，可实在是太忙了。"

"专业演员嘛，台词都得记住的。"

说什么呢？你不也把台词贴我肚子上了吗？

我决定加以反击，想出了将两只手放在肚子上遮住他的台词的损招。

可笑的事情就在后面。

在正式开始拍摄后，等绪形拳刚要说台词时，我就立刻将双臂抱在胸前。

"内藏助……喂！不许双手抱胸！"

他居然一边演戏一边朝我发火。我每动一下身体，他就指责道：

"内藏助，身体不许前倾！

"不许转向一旁！"

导演大吃一惊，忙喊：

"停！台词错了。"

喊什么？可不是错了吗？早就知道了嘛。

实在是太好笑了。不过这一番较量，还是他占了上风。因为我是停下了表演跟他说"请不要动"的，而他却是一边表演一边指责我的。

明星的资质，明星诞生的时代

如果要比较客观地看待绪形拳的话，我的评价是：

"他是最好的配角，但不是明星。"

用棒球界的人物来打比方的话，那就是，他不是长岛茂雄，而是接近于榎本喜八——这人有点老了——这种被称作"本垒打制造机"的、单项出众的选手。

"本垒打制造机"的击球技术出类拔萃，记录也保留了下来，但还是不像长岛茂雄那么令人景仰。说到长岛茂雄，人们似乎已经不在棒球打得好不好的层面上来议论他了。他已经到了可望而不可即的程度，对于粉丝们来说，球技怎么样已经无关紧要了。

关于绪形拳，人们或许会说：

"演技好。

"多才多艺。

"什么样的角色都能演。"

可是，关于石原裕次郎，就没人说他"演技好"之类的话了。石原裕次郎是天生的好。

人们不会说"石原裕次郎在那部片子里演得真好啊"，人们根本不关心他的演技，所以他是明星。明星，就是跟那些靠习练技艺崭露头角的普通人截然不同的人。

也没人说美空云雀"歌唱得好"，是吧。她唱得好是理所当然的，人们只说"美空云雀的歌真好听，我太喜欢了"。我可没一点要贬低绪形拳的意思，只是想说"明星"与"配角"之间，是有着如此之大的差别的。我觉得配角是成不了明星的，或者说配角与明星，他们本来就是不一样的种类。

明星只存在于诞生明星的时代，换句话说，是时代产生了明星。

说到100米短跑，如今的世界纪录9秒58的保持者，是牙买加的尤塞恩·博尔特吧。而要说到奥运会百米赛，还有个在柏林奥运会的杰西·欧文斯，他可是至今为人所津津乐道的。欧文斯是美国代表队的黑人选手。

柏林奥运会召开于1936年，所以已经是很多年以前的事儿了。关于这届奥运会，还有诸如希特勒将其用作政治宣传之类的说法。而此大会上，杰西·欧文斯居然在100米、200米、接力跑和跳远四个项目上都获得了金牌。他还在芝加哥大会[7]上创造了百米10秒20的世界纪录，并一直保持了二十年。

在世界级别的田径赛中，9秒58和10秒20之间的差别应该说是无比巨大的。但从博尔特与杰西·欧文斯这两个黑人选手给人们所带来的冲击来看，或许杰西·欧文斯的影响还远在博尔特之上吧，杰西·欧文斯在当时是光彩夺目的"明星"。

仅就百米纪录而言，自然是博尔特更胜一筹。可仅将他们俩作为田径运动员来进行比较，是没有意义的。人们总是喜欢把过去的人与现在的人比较，我觉得这么做是毫无意义的。

人们常会举出一位古人，然后说"这样的人，不会再有了"。这不是理所当然的吗?因为,那家伙只能存在于他那个时代嘛。对于蹩脚艺人的拙劣表演,也能说"再也不会有这样的艺人了",不是吗?

或许是出于美化已过去时代的目的吧,有人会说"那时,是有些十分伟大的人的"。可其实压根儿就没有。事实就是,有的人活在那样的时代,而那样的时代如今没有了。仅此而已。时代没有了,那样的人自然也就没有了。

所以不能超越时代来比较。能够超越时代留在人们记忆中的,只有光彩夺目的大明星。

不接触"高手"会懂得规矩吗?

回到艺人的话题。正如前面所说,如今养成学校毕业的艺人很多。这些家伙都没有跟随师父学艺的经历。怎么说呢,用匠人来打比方的话,就是刚出了学校的木匠,一下子就挑大梁了。反正与我们这些人是不一样的。

虽说在学校里也学了点技术,可没在上年纪的老师傅手下磨炼过,叫他刨块木板,姿势也总有些别扭。没接触过高手，甚至都没见过高手。这样的话，他们身处艺人世界，却一直没学会艺人的规矩。有时候自己也并无恶意，却时不时就做出失礼的事情来，会在言谈举止上暴露出没品。

以前的做法或许有些陈腐吧，但我觉得学艺修行还是必不可少的。跟着年长的师父，在师兄的帮助下，尽管不时被骂作"笨蛋"，可在这种纵向的人际关系中得到锻炼后，相应的规矩也就融入血液了。

最近，一些开饭店的年轻人中，也不乏莫名其妙的家伙。

说什么"拜师学艺管什么用，我做的饭菜就是有独创性的"，开的是"独创料理店"。那意思是说，既然是独创的，自然只有我一个人会做，不需要什么师父，学艺更是浪费时间。简直是胡说八道，完全搞错了"独创"的意思。

其实在日本确实有许多"独创料理店"，可通常都是某人在某饭店里打了许多年的下手，后来自己出来开店了，为了做出自己特有的味道，才挂出"独创"的招牌。也就是说，得到了扎实的基本功训练，经过了长年累月的磨炼，在此基础上形成了自己独特的手艺，这才叫"独创"呢。

基本功都没练好的家伙，哪会有什么"独创性"呢？更别说什么"无国籍独创料理"了。什么玩意儿？我才不要吃你做的料理呢，还是学成了手艺再来吧。

作为商品的搞笑艺术已经变质了

年轻艺人没做过学徒，部分原因是能去做学徒的地方越来越少了。在东京，说到搞笑表演，有浅草的"东洋馆"和"演艺厅"，但也仅限于此了。而要是不加入"落语协会"或"东京演艺协会"，是得不到在曲艺剧场里演出的机会的。

于是一些年轻人就在小剧场做现场演出，希望能够引起电视台某制作人的注意。

就艺人的环境而言，也今非昔比了。这当然是没办法的事情，可环境变了之后，艺人的技艺也发生了变化。就说漫才吧，我们那会儿的水平就要比现在高得多了，简直不可同日而语。要说有什么不同，首先我们一个月要去剧场演二十天以上。并且每天是日夜两场，一场 20 分钟。

现在的漫才一场才 3 分钟或 2 分钟，是不是？有的连 3 分钟都撑不住，只在头 20 秒表演个噱头就结束了。都这样了，水平上不去，还不是顺理成章的事情吗？

不过，正如我前面说的，超越时代的比较是没有意义的。我以为，搞笑艺术这一"商品"的本质与内涵，已经发生了今昔巨变。

如果把搞笑艺术比作牛肉盖浇饭的话，我们那会儿是在浅草的大众食堂里卖牛肉盖浇饭的。是那种由性格怪僻的老爹制作的，在菜单上与炸猪排盖浇饭、鸡蛋鸡肉盖浇饭、有时还有拉面什么的排列在一起的牛肉盖浇饭。因为是食堂嘛，下了单之后，要过一会儿才能做好。而现在的搞笑艺术则是吉野家的牛肉盖浇饭。只要说声"普饭一客"，立马就能端上桌。

这种"吉野家式搞笑"跟"浅草大众食堂式搞笑"的味道或许有所不同，可要说哪一种更好吃些，倒也不能一概而论。正如吉野家所提倡的"便宜、快捷、好吃"那样，"吉野家式搞笑"有时也很有趣的。看他们表演的漫才，有时候也确实觉得不错。事实上，也并非老资格演员的表演一定就好。熬了好多年，水平老也上不去的漫才师也比比皆是。

不过，有一件事似乎是能说的。那就是，今天的艺人恐怕难以长久地演下去。因为，托了电视的福，艺人也都成了杰尼斯系的演员了，都是"一次性"的。所谓年轻艺人的人气，其实是靠看他们演出的少女粉丝和包装支撑着的。随着岁月的流逝，艺人也好、粉丝也罢，全都消退了。于是就有新的艺人出现在新的少女粉丝面前——这样的机制已经形成。而机制一旦形成，是很难改变的。

所谓规矩，就是要让对方高兴

前面我针对演员、艺人、电视、电影之类，即所谓"演艺"世界大放了一通厥词。之所以要这样，是因为我觉得"演艺之事"其实是与广义的"规矩"相同的。

我讲了好多遍的这个"规矩"，说到底，"就是要让对方高兴"。要在如何才能不伤害对方，不让对方感到不愉快，在让对方有面子这些问题上用心思，并且还要尽可能不让对方察觉到自己用了心思，而最后的目的就是让对方高兴。相反，如果激怒了对方，那就有违规矩了。

让对方高兴，让对方开心，其实这就是"演艺"，就是搞笑艺术的分内之事。落语家拍老板的马屁，把人家哄舒服了，就能拿到小费。如果在众多的观众面前做同样的事，让观众都很开心，并能拿到演出费，那不就是演艺吗？

所以说，那些没学会规矩的艺人，就等于没有本事。因为他没有让对方高兴的才能嘛。"那家伙怎么回事儿？连个招呼都打不好，真没礼貌啊！"——被人这么说的艺人，上台后也没本事让任何一个观众开怀大笑的。要想让观众笑，必须具备不管对谁都想让对方开心的心。

有本事的艺人，到了演艺场，从摆放好脱下的鞋子开始，到进入后台，整理化妆台，肯定是全都用心做好的，跟人打招呼也都彬彬有礼。正因为他们做事中规中矩，才使得周围的人全都心情舒畅。而这样的艺人，可以说一定是谦逊和蔼的。不论遇到谁，全都会低下头说声"您好"或"对不起"。

即便出了演艺场，成了普通的行人，也同样能让别人高兴。走在路上也好，坐上电车也好，全都中规中矩的。在车上给人让座是理所当然的，还会搀扶着老人过马路。进饭店吃饭，既不会弄脏桌椅，也不会大声喧哗。

所以说，艺人的资质是由他的行为是否符合规矩来决定的。没有规矩的家伙，是无法出人头地的。

把自己的活法变成"艺"吧！

可话虽如此，故意反着来的人也并非没有。就是说，有意违反规矩，做出豪爽之举来。可这些人往往是深谙规矩，且能成大事儿的。

譬如说，某艺人老爷子在饭店里大声说：

"饭菜也好，酒水也好，店里有什么就上什么。没关系，全都上来好了。"通常，听到有人说什么"今天全都是我请客"，会觉得"这人真是没品啊"。可有的人这么说，却会让别人觉得"他这么说的话，倒也未尝不可"。

其实，这是一种"极限规矩"。如果老爷子说"拿我的存酒给他喝吧",而对方在心里嘀咕"老家伙,搞什么"?那就说明老爷子的"艺"相当蹩脚。如果能让对方觉得"那就喝他的吧,老头儿真不错啊",那就说明老爷子胜在"艺"上了。

"在那店里遇到的老头儿,看着跟工人似的,还挺逗的。听说是个艺人。像他那样的,今后肯定大'火'啊。"

能让人说出这话来的艺人,就具备了成为师父的肚量了。

同样的事情,要是让眼看就要倒闭的公司老板来做,人家就会说:

"不就是破罐子破摔嘛。那小子,发什么神经呀?"

老底都被人摸透了。

"你看他这样儿,跟赚大发了似的。股票大跳水了!破罐子破摔了吧。"

旁人先是笑他"破罐子破摔",随即又不无同情地觉得"让这个老板请客,真是难为他了",最后心里会嘀咕"谁要这种人请客了",感到很不愉快。

就是说,尽管做的事情跟艺人老爷子一样,可给人的感觉却是大不相同的。在此,有没有"艺"就成了关键之所在了。

所以说,"艺事"也并非艺人的专利。即便是与演艺界毫不相干的人,如果觉得"'艺事'这玩意儿简直是另一个世界里的事儿了",那就大错特错了。即便是普通人,不拥有一点"艺"也是不行的呀。这倒不是重复什么"危难之际,艺能救急"的老话,我觉得既然人是生活在社会之中的,要想过得舒心顺畅,相应的"艺"还是必不可少的。

人们从事着各种各样的工作,有着各种各样的性格,每个人也都有自己的生活。自己的活法也只是自己的。而若能将自己的活法变成了"艺",规矩也就随之掌握了,也就能成为一个有品位、有"粹"范儿的人了。

连印度人都大吃一惊的生日礼物

下面说一件另外的事情。

有个十分关心我的人,在我生日时送了我一件礼物——一条围巾。

那料子比开司米[8]还要高档，好像是用不知道是印度还是喜马拉雅山才有的山羊的毛织成的，叫作"帕什米纳"吧。据说是一种传统的工艺品，贵极了。那家伙给我的时候没多说什么，我也只说了声："哦，谢谢！"没怎么放在心上。后来有一次跟一个对时装十分精通的家伙一起吃饭，我就把那条围巾给他看了。

"你看，别人送的。"

"啊？这可是高档货呀。贵极了！"

哦，是吗？怪不得摸上去软乎乎的，果然是高档围巾啊。我心想，能将这么贵重的东西不动声色地送人，可见他有规矩。这也是一种"艺"啊。

也不知为什么，那天的饭桌上还有个印度人。一问之下，还就是做把这种围巾卖到日本来的生意的。也就是说，他是这方面的专家。那印度人说：

"给我看一下。"

于是我就把围巾递给了他。他拿出一个戒指来，要把围巾从那戒指中间穿过去。

开头还是很顺畅的，可穿了一半就卡住了。印度人说：

"穿不过,这条围巾,是冒牌货。"

随即,他又从包里取出一条围巾来,跟我那条看着差不多。他说道:

"正宗的,是这样的。"

说着,他又将围巾穿入了戒指。不可思议的是,那印度人的围巾,"嗖——"的一下子就全都从那枚戒指中穿过了。

"你那条,真羊毛含量50%吧。"

看他那意思,只要看能否穿过戒指就能鉴别真伪。我摸了摸他那条围巾,确实,比我这条更滑溜,更暖和。

怎么回事儿?送我的这条还真是冒牌货嘛!一旦穿帮了,哪还有什么"艺"呢?

政治家也需要"艺"

日本的政治家也没有"艺"。政治家是不能没有"艺"的,可事实上日本的政治家尽是些蹩脚"艺人"。

作为政治家,只要自己下定了决心,所能做的青史留名之事不是多的是吗?因为舞台宽得很,早就为你准备好了嘛，剩下的就看你作为"艺人"如何取悦观众了。

说到日本的政治，自明治维新以后，都是建立在革命之上的。而在此之前，则是武家或天皇的独裁统治了。将明治天皇抬出来的长州藩等地的政治家，不都是革命家吗？所以说，在日本漫长的历史上，有的只是独裁者与革命家的政治，简直叫人怀疑是否有过让国民表达心声的政治家。

可就算是这样，也还是有着足以让政治家表演的大舞台的。譬如说，哪怕被暗杀也要废除《日美安保条约》；即便承认安保条约，也要让美军从冲绳滚出去。可这样的戏码没人演，也演不了。明明舞台已经准备好了，可因为演技不行而演不了，所以说日本的政治家尽是些无法出人头地的蹩脚艺人，连一个明星都没有。

还得说回长岛茂雄身上。长岛的过人之处，还在于他能在职业棒球赛中玩花活儿。所谓"玩花活儿"，可不是打假球哦，而是为了取悦观众的故意失误。具体来说，就是在守三垒的时候，故意漏球了。

当时他所在的巨人队已占有绝对优势，九次二人出局，无跑垒。是比分9∶0的一边倒的大胜之势，又无

"无安打无得分"的记录,最后只要让对方击球落空,比赛就结束了。不料就在这时,对方三垒击球后,长岛却将其放过了。尽管那不像是个能让守场员失误的球。

然而,场内的观众看到了,却"哇——"的一下子爆发出了欢呼声。大家高喊:

"长岛失误了!"

长岛其实是"明知故犯"的。他知道自己此时出现失误的话,观众一定会很高兴。他是怕观众看起来毫无波澜才故意失误的。

"这家伙,又搞上了!"

他身旁担任游击手的广冈嘟囔着露出了不耐烦的表情。

以前在拳击赛上也发生过类似的事情。有个名叫乔·梅德尔的墨西哥拳手,明明很厉害,却故意躺倒在了拳击台上,引得观众"哇——"的一下沸腾了。其实这就是"艺"。调动观众情绪,最后自然还是有实力者胜。

人们常说小泉纯一郎这家伙是"剧场型"的,十分清楚作为"演员"的自己应该如何采取行动。贵乃花在夏季比赛中胜出时，他一句"太感动了"吸引了不少的观众。可见他十分清楚将日本国民作为观众后，作为艺人的政治家应该如何表演。

而这种表演的结果，就造就了那样的时代。两极分化继续加深、经济依旧不景气，至于邮政民营化效果如何，也还得拭目以待。可在当时，作为观众的日本国民，倒也着实狂热过一阵子。

小泉的"艺"确实取悦了日本国民。既然这样，那就继续让国民高兴下去呀，因为那不就是个"艺"嘛。

是生意，可也讲心意

下町的炖菜馆老板跟喝醉了的客人，有下面这么一段对话：

"你这个酒鬼，赶紧回家去吧。浑蛋！"

"想再吃点什么。"

"行了行了，别吃了。"

"再喝一杯，就一杯。"

"这可真是最后一杯了啊。"

客人腰包里有多少钱，老板像是心中有数的。

"还是想再吃点什么。"

"好吧好吧，这份鳎鳍干[9]也给你了。行了，就这些了，你就付1000日元吧。"

老板的意思是说，零钱就不收了。于是客人对老板的打折心怀感激，知道再要吃喝下去就不像话了。这种彼此相通的心意，是十分难得的。这样的话，老板和客人，各自都守住了规矩。

这样的社会明明早就有了，如今却弄出个"百年一度的经济危机"来，这算是怎么回事儿呢？证券公司破产，莫名其妙的次级房贷[10]，什么乱七八糟的！那些家伙骗穷人买房，因为没担保，就发明了古怪的证券到处兜售，最后搞得自己的公司破产后，总经理拿了300亿的退休金跑路。通常来说，给顾客添了麻烦，应该把钱还给人家才是吧。可他们搜刮了穷人的钱，身居高位的家伙却卷款逃走了。简直叫人难以置信！

全球股票大崩盘之际，有些赌触底反弹的家伙会说："拼上全部家当也要买入！"

是吗？那我也跟着买点吧——要是这么说的话，那就没品到家了。我可恕不奉陪了。

我觉得还是下町炖菜馆的做法比较好啊。

注释：

1 北野武的自传体长篇小说。1993年开始在《周刊文春》上连载。

2 日本安土桃山时代（1573或1568-1603）的女性表演者，被视为歌舞伎的创始者。

3 大岛渚（1932—2013），日本著名电影导演、编剧、演员。代表作有《感官世界》《御法度》《青春残酷物语》《爱之亡灵》等。

4 藤原釜足（1905—1985），日本电影演员。代表作品有《殉情天网岛》《三武士》等。

5 绪形拳（1937-2008），日本著名演员。代表作有《楢山节考》《火宅之人》《孔雀王子》等。

6 指作为特别节目播放的电视剧。时长比通常的电视连续剧的单集要长得多，与电影差不多。

7 指1936年6月在芝加哥举行的美国夏季田径比赛。

8 山羊绒织物。原产于克什米尔地区，故名。

9 一种下酒菜。

10 2008年9月，由于美国的次级房贷崩塌，引发了全球经济危机。——原注

代后记

有品、没品,

没有爱情,没有友情,

与女友拥抱,与朋友欢笑,

即便有伤害,又有什么关系?

互相揭短,越发起劲地揭短,

这都是些什么人哪,没品的家伙。

日本文化,是更为高尚,更具精神意味的。

看到别人高兴的样子,自己也高兴,

且绝不让他人知道。

这就是值得日本人骄傲的,

落后于时代的,迂阔的男子汉的精神。

我就喜欢这种,所以不合时宜。

所谓有品,其实就是这个。